Bianca

Michelle Reid
El hombre que lo arriesgó todo

HARLEQUIN™

Editado por HARLEQUIN IBÉRICA, S.A.
Núñez de Balboa, 56
28001 Madrid

I.S.B.N.: 978-84-687-0888-1
Depósito legal: M-27967-2012
Editor responsable: Luis Pugni
Fotomecánica: M.T. Color & Diseño, S.L. Las Rozas (Madrid)
Impresión en Black print CPI (Barcelona)
Fecha impresion para Argentina: 22.4.13
Distribuidor exclusivo para España: LOGISTA
Distribuidor para México: CODIPLYRSA
Distribuidores para Argentina: interior, BERTRAN, S.A.C. Vélez
Sársfield, 1950. Cap. Fed./ Buenos Aires y Gran Buenos Aires,
VACCARO SÁNCHEZ y Cía, S.A.
Distribuidor para Chile: DISTRIBUIDORA ALFA, S.A.

Prólogo

UNA FIEBRE de expectación se propagó entre la multitud. La carrera estaba a punto de empezar. Preparado y listo para salir, Franco Tolle estaba dentro de la marquesina de su equipo, el *White Streak*, con el casco bajo el brazo y los ojos fijos en el monitor, esperando a que los organizadores de la carrera aparecieran en la pantalla. El viento soplaba con más fuerza, rompiendo la calma chicha del Mediterráneo y convirtiéndola en un caldo turbulento. No eran las condiciones ideales para correr en una lancha a sesenta metros por segundo.

—¿Qué te parece? —Marco Clemente, el copiloto, se acercó hasta él.

Franco se encogió de hombros. Lo cierto era que el estado de la mar tampoco le preocupaba tanto como la decisión de Marco de correr con él.

—¿Seguro que quieres hacer esto? —le preguntó, sin levantar la voz, sin dejar de mirar la pantalla.

Marco soltó el aliento con impaciencia.

—Si no quieres que corra contigo, Franco, dilo.

Y era por eso que Franco había hecho la pregunta. Marco estaba tenso, cargado, volátil... Se había pasado la última hora caminando de un lado a otro, atacando a cualquiera que se atreviera a dirigirle la palabra... Ese no era el mejor estado de ánimo para ponerse al frente de una lancha motora que cortaba el mar como una bala.

–Por si lo has olvidado, Franco, la mitad del *White Streak* es mía, aunque seas tú el cerebrito –le espetó en un tono petulante.

Franco apretó los dientes. No quería decir nada de lo que pudiera arrepentirse. Ambos eran dueños del White Streak, y habían corrido en él y en su lancha gemela por toda Europa, representando a la empresa White Streak. Llevaban cinco años haciéndolo. Pero esa era la primera vez en más de tres años que se iban a subir a la misma lancha juntos. Esa era la primera vez que Franco cedía ante la presión y dejaba que Marco se sentara a su lado.

Pero ¿por qué lo había hecho? Lo había hecho porque la liga colgaba de un hilo. Era la última carrera de la temporada y su copiloto se había puesto enfermo el día anterior. Marco era, sin duda alguna, el mejor sustituto para Angelo cuando había tanto en juego, y Franco se había convencido a sí mismo de que serían capaces de dejar a un lado las viejas disputas en aras de la competición. Pensaba que podrían dejarlo todo en un plano estrictamente profesional, pero había algo con lo que no había contado. Marco ya no era el mismo de antes. Ya no se comportaba como aquel tipo tranquilo al que todo el mundo estaba acostumbrado.

–Antes éramos buenos amigos –le dijo Marco, bajando el tono de voz deliberadamente–. Fuimos los mejores amigos, de toda la vida. Pero entonces yo cometí un pequeño error y tú...

–Acostarte con mi esposa no fue un pequeño error...

La voz de Franco fue como una bocanada de aire frío, como si una ráfaga de viento helado se hubiera colado de repente en la tienda.

–Lexi no era tu esposa entonces –le dijo Marco.

–No –Franco se volvió hacia él por primera vez desde el comienzo de la conversación.

Eran de la misma estatura, tenían la misma constitución atlética, eran de la misma edad, del mismo lugar... Pero eso era todo. El parecido terminaba ahí. Marco tenía el pelo rubio, con ojos azules, mientras que Franco era moreno, de ojos oscuros...

—Pero tú eras mi mejor amigo.

Marco trató de sostenerle la mirada. El remordimiento y la frustración libraron una batalla en su interior durante un par de segundos. Finalmente suspiró y apartó la mirada.

—¿Y si te dijera que nunca sucedió? ¿Y si te dijera que me lo inventé todo para que rompierais?

—¿Y por qué ibas a hacer eso?

—¿Por qué ibas a querer tirar tu vida por la borda por una adolescente? —Marco arremetió contra él. La frustración le había ganado la batalla al remordimiento—. Te casaste con ella de todos modos, y me hiciste sentir como el peor bastardo del mundo. Y Lexi ni siquiera supo que yo te había dicho algo, ¿no? No se lo dijiste.

Franco guardó silencio y volvió a mirar hacia el monitor.

—No puede haberlo sabido —Marco siguió adelante, como si hablara consigo mismo—. Era muy buena conmigo.

—¿Qué sentido tiene esta conversación? —preguntó Franco de repente, perdiendo la paciencia—. Tenemos que correr en una carrera, y creo que es evidente que no tengo ganas de hablar del pasado contigo.

—Muy bien, *signori*, allá vamos.

Justo en ese momento, el jefe del equipo dio el grito de salida, rompiendo así la tensión que se había creado alrededor de los dos hombres.

Franco echó a andar, pero Marco le agarró del brazo.

—Por Dios, Franco, siento haber estropeado lo que tenías con Lexi, ¡pero ella lleva tres años fuera de tu vida! ¿No podemos dejarlo todo atrás de una vez y volver adonde...?

–¿Quieres que te diga por qué has decidido sacar todo esto ahora? –Franco se volvió hacia Marco bruscamente. Su frío rostro estaba lleno de desprecio–. Tienes una deuda con White Streak que asciende a millones. Tienes miedo porque sabes que me necesitas para que esos trapos sucios no salgan a la luz. Ya has oído los rumores, sabes que tengo intención de cerrar el grifo para las carreras, y te mueres de miedo, porque sabes que el desastre financiero en el que nos has metido te va a estallar en la cara. Y, para que conste, esa disculpa penosa llega tres años y medio tarde.

Soltándose con brusquedad, Franco dio media vuelta y siguió adelante. En realidad, no esperaba que Marco sacara el tema... Y lo último que quería recordar era que en casa le esperaban los papeles de divorcio que Lexi le había mandado.

Salió de la marquesina. Un río de rabia tan fría como el nitrógeno líquido le corría por las venas. Estaban en Livorno. Los fans de casa le esperaban ahí fuera, pero apenas podía oír sus aplausos y ovaciones. Un velo rojo le cubría los ojos y lo único que podía ver era esa imagen... Su mejor amigo con la única mujer a la que había amado, en la cama. Llevaba mucho tiempo con esa imagen en la cabeza, casi cuatro años. La había tenido muy presente durante todo su matrimonio con Lexi y eso la había hecho tratarla de otra manera. Incluso había llegado a pensar que el hijo que esperaba no era de él por culpa de ese recuerdo. Aquel incidente cambió el rumbo de su vida. Le corroyó por dentro hasta que ya no quedó nada del hombre que solía ser. Y cuando Lexi perdió el bebé, su reacción se vio empañada por ese amargo recuerdo.

Pero lo peor de todo era que Marco tenía razón. Lexi

nunca había llegado a saber por qué se había comportado de esa manera. La única forma de salvaguardar su orgullo herido había sido esa; mantenerlo todo en secreto. Ella nunca había llegado a saber que le había roto el corazón con aquella traición.

Como un fantasma del que no podía librarse, Marco volvió a aparecer a su lado.

—Franco, *amico*, necesito que me escuches...

—No me hables del pasado. Céntrate en lo que tenemos que hacer ahora, si no quieres que cierre White Streak. No querrás que el desastre que has provocado salga a la luz.

—Me arruinarías la vida... La reputación de mi familia...

—Eso es.

Marco se puso pálido. Había pánico en su rostro. El apellido Clemente era sinónimo de vinos exquisitos, sinceridad y bondad. La dinastía Clemente estaba al frente de algunas de las organizaciones benéficas más importantes de toda Italia, junto con la familia Tolle. Los lazos que unían a los dos clanes se remontaban a un tiempo que ninguno de los dos recordaba, y era por ese motivo que Franco no había querido airear mucho sus problemas con Marco. Todavía tenían una relación profesional, solían coincidir en eventos sociales y benéficos. Había dejado que Marco desmintiera los rumores entre risas ante los medios.

—Chicos, saludad a la gente –les dijo el jefe del equipo, acercándoseles por detrás.

Como una marioneta obediente, Franco levantó el brazo y saludó. Marco hizo lo propio, esbozando su famosa sonrisa y ganándose a todo el mundo, como siempre hacía. Mientras tanto, Franco se puso el casco. En cuanto lo hizo, su sonrisa se desvaneció. Ambos subieron a la cabina abierta de la lancha y se pusieron los cinturones de seguridad. Les estaban dando la información habitual por el pinganillo; ráfagas de viento, la altitud estimada, longitud de onda de las olas... Hicieron la rutina de comprobaciones previas al comienzo de la carrera... Estaban perfectamente compenetrados, acostumbrados a trabajar juntos como si supieran lo que el otro estaba pensando en cada momento. Habían sido amigos desde la infancia y podrían haber seguido siéndolo para siempre... Envejecer juntos, hijos, nietos... Cálidas noches de verano contemplando la puesta de sol, disfrutando del mejor caldo que albergaban las bodegas Clemente, recordando los viejos tiempos...

Arrancaron los motores. El suave rugido era música para los oídos de un ingeniero marítimo como Franco. Sacaron la lancha hasta la línea de salida... Una pincelada blanca y brillante entre otros doce barcos de todos los colores, con logos de patrocinadores de lo más variopintos. Todos aguantaban el estrangulador, listos para salir a toda velocidad en cuando dieran el pistoletazo.

Franco miró a Marco, que estaba a su lado. No supo por qué lo hizo... Debía de haber sido ese sexto sentido que solían compartir... Marco también se había vuelto hacia él y le observaba. Había algo escrito en sus ojos... una oscura desesperación que apretaba el pecho de Franco como un puño gigante.

Marco rompió la mirada, volviendo la cabeza de nuevo. Y entonces Franco oyó el suave murmullo de su voz en el oído.

–*Sono spiacente, il mio amico.*

Franco todavía intentaba descifrar lo que Marco le había dicho cuando los motores rugieron con brío y las lanchas salieron adelante.

«Demasiado rápido...», pensó.

Marco acababa de decirle que lo sentía, y estaban saliendo demasiado deprisa...

Capítulo 1

LEXI estaba en una reunión. La puerta del despacho de Bruce se abrió de golpe. Era Suzy, la nueva asistente.

–Siento interrumpir –dijo la joven, sin aire–. Pero Lexi tiene que ver...

Tomó el mando a distancia de la mesa, emocionada, y apuntó al aparato. Todos se le quedaron mirando, boquiabiertos, preguntándose cómo había podido irrumpir en el despacho de esa manera.

–Un amigo me envió este enlace a mi Twitter –le explicó, buscando el canal rápidamente–. No me van mucho los programas de sucesos, así que dejé de mirar, pero entonces tu cara apareció en la pantalla, Lexi, ¡y mencionaron tu nombre!

Un mar cristalino y azul apareció en la pantalla. Un segundo después, doce lanchas motoras surcaron el agua a toda velocidad, volando como flechas y dejando estelas de espuma blanca a su paso. Antes de que nadie pudiera darse cuenta de lo que estaban viendo, Lexi sintió un frío escalofrío por la espalda. Se puso en pie.

Las carreras de lanchas solo eran para los ricos y temerarios. Todo ese despliegue ostentoso cargado de testosterona no era más que una exhibición de excesos de todo tipo. Exceso de dinero, exceso de poder, exceso de ego... Y también un desafío de riesgo que entrañaba un gran peligro... ese peligro que dejaba a la mayoría de la gente boquiabierta... Pero para Lexi, en cambio, aquello era como ver pasar su peor pesadilla por delante de sus ojos, porque ella sí sabía qué era lo que estaba a punto de pasar a continuación.

–No –susurró–. Por favor, apágalo.

Pero nadie la estaba escuchando. Además, ya era demasiado tarde. Mientras hablaba, la punta de la lancha que iba encabezando la carrera se topó con unas turbulencias y salió volando en el aire. Durante unos angustiosos e interminables segundos, el vehículo quedó suspendido boca abajo, surcando el aire como un cisne blanco maravilloso, emergiendo del mar.

–Sigue mirando –dijo Suzy, llena de expectación.

Lexi se aferró al borde de la mesa al tiempo que la poderosa lancha efectuaba la pirueta más increíble, y entonces empezó a dar vueltas, una y otra vez, como si se tratara de un atrevido truco acrobático. Pero aquello no era un truco... En la cabina abierta del barco se podía ver a dos personas, totalmente expuestas. Dos hombres temerarios jugándose la vida por una descarga de adrenalina, encerrados en una lancha que se había convertido en una trampa mortal. Restos de todo tipo volaban a su alrededor, armas letales que cortaban el aire.

–*En este deporte tan peligroso hay un accidente cada año por lo menos* –decía un narrador–. *Debido a unas condiciones meteorológicas poco favorables en la costa de Livorno, hubo una gran controversia en torno a la celebración de la carrera. La lancha que lideraba la carrera había llegado a alcanzar la velocidad máxima cuando dio con las turbulencias. Se puede ver cómo Francesco Tolle sale despedido del aparato.*

–¡Oh, Dios mío, ahí hay un cuerpo! –gritó alguien, horrorizado.

–*Su copiloto, Marco Clemente, permaneció atrapado bajo el agua unos minutos hasta que los buceadores pudieron sacarle. Ambos hombres han sido tras-*

*ladados al hospital. Algunos informes, todavía por con-
firmar, hablan de un hombre muerto y de otro que está
gravemente herido.*

–Que alguien la sujete. Rápido.

Lexi oyó la voz de Bruce, a lo lejos. Las piernas le
estaban cediendo.

–Cuidado... –dijo alguien, sujetándola del brazo y
conduciéndola hasta una silla.

–Ponle la cabeza entre las piernas –le aconsejó otra
voz.

Bruce, por su parte, mascullaba toda clase de impro-
perios dirigidos a Suzy, por haber sido tan inconsciente.

Lexi sentía que le estaban echando la cabeza hacia
delante, pero sabía que no iba a funcionar. Se quedó ahí
sentada, echada hacia delante, con el pelo alrededor de
la cara, y escuchó al locutor de televisión mientras recordaba los veintiocho años de vida de Francesco como
si estuviera leyendo su esquela.

*–Nacido en una de las familias más ricas de Italia,
único hijo del empresario de astilleros Salvatore Tolle,
Francesco Tolle dejó atrás su papel de playboy después
de un breve matrimonio con la estrella infantil Lexi Hamilton...*

Una ola de murmullos sacudió la sala. Lexi se estremeció, porque sabía que una foto de ella con Franco debía de haber aparecido en la pantalla. Joven... Él debía
de verse joven, feliz, porque así era como...

*–Tolle se ha volcado en el negocio familiar, pero
aún sigue compitiendo para el equipo* White Streak,
*una empresa que creó hace cinco años con su copiloto,
Marco Clemente, quien pertenece a una de las familias
más prestigiosas de Italia, dueñas de las bodegas Clemente. Amigos de toda la vida...*

–Lexi, bebe un poco de esto.

Bruce le apartó el pelo de la cara con suavidad y le

puso un vaso de agua contra los labios. Ella quería decirle que la dejara tranquila para poder escuchar, pero tenía la boca paralizada. Estaba enfrascada en una lucha consigo misma, con Bruce, y con el horror que acababa de presenciar...

De repente vio a Franco.

Su Franco... Vestido con unos vaqueros cortos y una camiseta blanca que se pegaba a todos y cada uno de sus músculos. Estaba frente al cuadro de mandos de una lancha no tan peligrosa como la de la televisión. Se volvía hacia ella, y reía... porque le estaba dando un susto de muerte, surcando el mar a toda velocidad.

«No seas cobarde, Lexi. Ven aquí y siente la fuerza...», aquellas palabras retumbaron en su cabeza; un eco del pasado.

—Voy a vomitar —susurró Lexi de repente.

El siempre tan elegante Bruce Dayton, agachado frente a ella, retrocedió de golpe. Lexi se puso en pie como pudo y echó a andar por la sala, tambaleándose y dando tumbos como un borracho, con una mano temblorosa sobre la boca. Alguien le abrió la puerta y así consiguió llegar al aseo justo a tiempo.

Franco estaba muerto. Su cabeza no dejaba de girar locamente, repitiendo las palabras una y otra vez. Su precioso cuerpo, roto en mil pedazos... Esa sed de peligro le había llevado a la muerta al final.

—No... —dijo Lexi, emitiendo un sonido gutural. Cerró los ojos y se echó hacia atrás, apoyándose contra los fríos azulejos del aseo.

«Yo no, *bella mia*. Soy invencible...».

Ahogándose con un sollozo, Lexi abrió los ojos... Era como si Franco acabara de susurrarle esas palabras al oído.

Pero él no estaba allí. Estaba sola, en su prisión de agonía y paredes blancas.

Invencible...

Una risotada histérica se le escapó de la boca. Nadie era invencible. ¿No se lo había demostrado ya a sí mismo en una ocasión?

Oyó unos golpecitos prudentes sobre la puerta.

–¿Estás bien, Lexi?

Era Suzy; su voz sonaba ansiosa. Haciendo un esfuerzo por recuperar la compostura, Lexi se alisó su falda color turquesa con manos temblorosas. Turquesa, como el océano... A Franco siempre le había gustado que llevara ese color. Decía que le daba vida a su mirada, casi del mismo color...

–¿Lexi? –Suzy volvió a llamar.

–Ssssí –logró decir–. Estoy bien.

Pero no era cierto. Nunca volvería a estar bien. Se había pasado los últimos tres años y medio intentando meter a Franco en el rincón más oscuro y recóndito de su mente, pero una nueva puerta se había abierto, y él se había colado por ella... Ya era demasiado tarde para...

¿Pero en qué estaba pensando? ¿Acaso no sabía ya que estaba muerto?

Podía ser Marco...

¿Y eso era mejor?

«Sí», susurró una voz malvada que hablaba desde su cabeza.

Suzy la estaba esperando. Su hermoso rostro estaba lleno de culpa y angustia.

–Lo siento mucho, Lexi. Es que cuando vi tu cara...

–No tiene importancia –le dijo Lexi, interrumpiéndola. No quería pagarla con ella. Era tan joven e inocente...

Tenía la misma edad que ella cuando había conocido a Franco. ¿Por qué se sentía tan vieja de repente, si solo tenía veintitrés años?

–Bruce amenaza con echarme –dijo Suzy mientras

Lexi se lavaba las manos sin ser consciente de estar haciéndolo–. Dice que no necesita a una persona tan estúpida en su negocio porque ya tiene de sobra, con todas esas aspirantes a actriz y...

Lexi dejó de escuchar. Se estaba mirando al espejo... Contemplaba ese rostro con forma de corazón, rodeado de una melena de color cobrizo.

«Al atardecer parece de fuego...», le había susurrado Franco en una ocasión, enredando los dedos de la mano en su cabello.

«Pelo de caramelo, piel de crema, y labios... Mmm... Labios deliciosos, como fresas silvestres...».

–Eso es una cursilada, Francesco Tolle –le había dicho ella–. Pensaba que tenías mucho más estilo.

–Lo tengo cuando hay que tenerlo, *bella mia*. ¿Lo ves? Te lo demostraré.

Ya no tenía los labios color fresa... Lexi se dio cuenta en ese momento. Estaba pálida, sin color alguno.

–Y no le has visto en años, así que no se me ocurrió pensar que todavía sentías algo por él.

Lexi cerró los ojos un momento y volvió a abrirlos.

–Es un ser humano, Suzy...

–Sí... –dijo la joven en un tono de culpa–. Oh, pero es tan guapo, Lexi –añadió, suspirando–. Tan sexy... Podría haber sido uno de los actores que tenemos en...

Lexi dejó de escuchar de nuevo... Sabía que Suzy no tenía ni idea de lo que estaba diciendo. No quería hacerle daño, hablando de esa manera, pero Lexi no tenía ganas de oírla de todos modos.

Dio media vuelta y salió del aseo. Suzy se quedó hablando sola. Las piernas apenas la sostenían y tampoco la obedecían. Se encerró en su despacho y se quedó allí, de pie, contemplando la nada. Se sentía vacía por dentro, pero su corazón estaba encerrado en un puño de hierro.

–Lexi...

La puerta se abrió, pero ella apenas se dio cuenta. Se volvió y se encontró con Bruce, alto y esbelto, tan apuesto como siempre. Su cara seria la asustó aún más.

–¿Qué? –le preguntó, sabiendo que otra noticia horrible estaba por llegar.

Bruce dio un paso adelante, cerró la puerta y la agarró del brazo. Sin decir ni una palabra, la condujo hasta la silla más próxima. Al sentarse, Lexi empezó a sentir el escozor de las lágrimas bajo los párpados.

–Será... será mejor que me lo digas cuando antes.

Inclinándose contra el escritorio, Bruce cruzó los brazos.

–Tienes una llamada. Es Salvatore Tolle.

¿El padre de Franco? Retorciendo los dedos sobre su regazo, Lexi volvió a cerrar los ojos, con fuerza. Solo podía haber una razón para esa llamada... Salvatore la odiaba. Decía que había arruinado la vida de su hijo.

«Una aspirante a actriz espabilada y dispuesta a prostituirse para conseguir una mina de oro...».

Le había oído espetarle esas palabras afiladas a su hijo, pero no sabía qué le había contestado Franco porque había salido huyendo, despavorida y hecha un mar de lágrimas.

–Le dije que esperara –dijo Bruce, que no se achantaba ante nadie, ni siquiera ante un peso pesado como Salvatore Tolle–. Pensé que necesitabas unos minutos más para... Para preparar la función antes de escuchar lo que tenga que decirte.

–Gracias –murmuró ella, abriendo los ojos y mirándose los dedos–. ¿Te... te dijo... por... qué llamaba?

–No.

Intentando humedecerse la boca, Lexi asintió con la cabeza y trató de recuperar la compostura una vez más.

—Muy bien —se puso en pie a duras penas—. Será mejor que hable con él.

—¿Quieres que me quede?

Lo cierto es que no tenía respuesta para esa pregunta. Bruce siempre había desempeñado un papel importante en su vida. Había sido el mánager de su madre, Grace, y la había acompañado durante su carrera artística. Siempre había estado ahí cuando más lo necesitaba... Aquella niña de quince años se había dado de bruces con el estrellato gracias a una película de bajo presupuesto que se había convertido en un éxito de taquilla de forma inesperada... Y las cosas no siempre habían sido fáciles, pero Bruce siempre había estado ahí... Y después, cuando lo había dejado todo para irse con su apuesto novio italiano, se las había ingeniado para no perder el contacto con ella. Tras la repentina muerte de su madre, también había sido él quien se había ofrecido a darle todo el apoyo que necesitaba, pero por aquel entonces todavía tenía a Franco. O por lo menos eso creía... Había pasado meses sumida en un profundo dolor, con el corazón roto, pero al final se había rendido. Se había subido a un avión y había vuelto a casa, había vuelto junto a Bruce.

El tiempo había pasado rápidamente... En ese momento trabajaba para él en su compañía de teatro. Funcionaban bien juntos. Ella era capaz de entender a los clientes más temperamentales y él tenía muchos años de experiencia en el mundo del teatro. En algún momento, habían llegado a entenderse muy bien.

—Será mejor que esto lo haga sola —dijo por fin, consciente de que Bruce no podía arreglar las cosas esa vez.

Él guardó silencio un momento. Su expresión no revelaba nada. Asintió con la cabeza y se incorporó. Lexi sabía que había herido sus sentimientos, sabía que debía de sentirse excluido, pero también tenía que entender por qué había rechazado su ofrecimiento. Esa llamada tenía que ver con Franco, y ni siquiera Bruce podía protegerla y amortiguar el golpe que iba a darse.

–Línea 3 –dijo Bruce, señalando el teléfono que estaba sobre su escritorio. Dio media vuelta y se marchó.

Lexi esperó a que se cerrara la puerta y entonces se volvió hacia el teléfono. Se quedó mirándolo durante unos segundos, respiró hondo y extendió una mano temblorosa hacia el auricular.

–*Buongiorno, signor* –murmuró con la voz entrecortada.

Hubo una pausa. El corazón de Lexi dio un pequeño vuelco.

–No es un buen día hoy, Alexia –dijo Salvatore Tolle por fin–. En realidad es un día muy malo. Supongo que ya sabes lo de Francesco.

Lexi cerró los ojos y una ola de mareo se apoderó de ella.

–Sí.

–Entonces seré breve. Lo he preparado todo para que vengas a Livorno. Un coche te recogerá en tu apartamento dentro de una hora. Mi avión te llevará hasta Pisa y allí te estarán esperando. Cuando llegues al hospital tendrás que identificarte antes de poder ver a mi hijo, así que asegúrate de...

–Francesco está... ¿Vivo? –Lexi respiró con fuerza, como si alguien acabara de golpearla en el pecho.

Se hizo otro silencio. Y entonces se oyó un juramento al otro lado de la línea.

–Creías que estaba muerto. Pues, lo siento –dijo el padre de Franco con brusquedad–. Con todo el caos que se formó después del accidente, no se me ocurrió pensar que... Sí... Francesco está vivo. Pero tengo que advertirte que está gravemente herido. No sé cómo demonios...

El padre de Franco se detuvo de nuevo. Lexi podía sentir la batalla que debía de estar librando en su interior. Francesco era su único hijo; su adorado primogénito y único heredero.

–Yo... Siento que tenga que pasar por esto –logró decir Lexi.

–No necesito tu compasión –dijo Salvatore. Su voz se hacía cada vez más dura y sus palabras sonaron como un latigazo.

De haber tenido ganas, Lexi hubiera sonreído. Podía entender muy bien por qué Salvatore no quería saber nada de ella. El desprecio que un hombre como él podía sentir por «las de su clase» no desaparecía así como así con el paso del tiempo.

–Simplemente espero que hagas lo que hay que hacer –añadió, en un tono más calmado–. Aquí se te necesita. Mi hijo te está llamando, así que vendrás a verle.

¿Ir a ver a Franco? Lexi parpadeó y vio la luz del sol por primera vez.

–Lo siento, pero no puedo hacer eso –le dijo. Fue como si le hubieran arrancado las palabras de la garganta.

–¿Qué quieres decir? –masculló Salvatore–. Eres su esposa. Es tu deber estar aquí con él.

Su esposa... Qué raras sonaban esas palabras. Lexi se volvió hacia la ventana. Sus ojos tomaron una tonalidad grisácea. Su deber para con Franco había terminado tres años y medio antes, cuando él...

–Su esposa abandonada –apuntó–. Siento mucho que Francesco haya resultado herido, señor, pero yo ya no soy parte de su vida.

–¿Pero es que no tienes corazón? –exclamó Salvatore. Su tono de voz era gélido, inflexible... muy apropiado para alguien como él–. ¡Está en el quirófano, desangrándose, roto en mil pedazos! ¡Su mejor amigo acaba de morir!

–¿Ma... Marco ha muerto? –Lexi se quedó helada.

Se quedó contemplando esos cielos grises que se abrían más allá de la ventana de su habitación, con la mirada perdida... y entonces vio el rostro hermoso y risueño de Marco Clemente. Su corazón se encogió de dolor. Todo era tan injusto. Marco nunca le había hecho daño a nadie. Siempre había sido el más simpático y dulce de los dos. Franco era el temerario, la cabeza loca, el chico de moda al que todos seguían y adoraban... Y Marco era su más fiel seguidor porque, tal y como él mismo le había dicho en una ocasión, se consideraba un poco vago, perezoso. Era más fácil dejarse arrastrar por Franco antes que nadar a contracorriente.

Conociendo a Franco como le conocía, Lexi sabía que en ese momento debía de estarse maldiciendo una y mil veces por haber despertado en Marco esa sed de peligro que le había llevado a la muerte.

–Lo siento muchísimo –susurró.

–Sí –reconoció Salvatore Tolle–. Me alegra saber que estás triste por Franco. Y ahora te lo pregunto de nuevo. ¿Vas a venir a ver a mi hijo?

–Sí –dijo Lexi, esa vez sin vacilar. Las viejas heridas no habían cicatrizado del todo, pero la muerte de Marco lo cambiaba todo.

Marco, Franco... El uno sin el otro era como el día sin la noche.

Lexi dejó el auricular en su sitio y empezó a temblar de nuevo. No podía evitarlo. Se llevó una mano a los ojos y trató de contener las lágrimas que amenazaban con brotar en cualquier momento.

–Entonces está vivo.

Lexi se dio la vuelta de golpe y se encontró con Bruce. Apretó los labios y asintió con la cabeza.

Bruce hizo una mueca.

—Eso me imaginaba. Los cerdos como él tienen mucha suerte.

—¡No hay nada de suerte en salir despedido de una lancha y volar por los aires rodeado de un montón de chatarra, Bruce! —exclamó Lexi, súbitamente exaltada.

—¿Y el otro? ¿Marco Clemente?

Lexi bajó la vista y negó con la cabeza.

—Pobre diablo —murmuró Bruce.

Por lo menos ese comentario no iba cargado de sarcasmo. Lexi respiró hondo.

—Creo que voy a tener que tomarme un poco de tiempo libre.

Bruce se le quedó mirando unos segundos. Lexi sabía que lo que acababa de decir no le sorprendía en absoluto.

—Entonces el efecto Tolle sigue siendo muy fuerte para ti, ¿no? Vas a ir a verle.

—Estaría mal que no lo hiciera.

—¿Aunque te estés divorciando de él?

Lexi se sonrojó violentamente. De repente deseó no haberle dicho a Bruce que les había enviado los papeles del divorcio a los abogados de Franco dos semanas antes.

—Eso no tiene importancia en esta situación —alegó ella—. Marco y Franco eran como hermanos. Creo que lo correcto es dejar a un lado las diferencias en un momento como este.

—Eso es una tontería, Lexi —dijo Bruce—. Yo fui el tipo al que acudiste cuando tu matrimonio se fue al garete —le recordó él con mordacidad—. Vi lo que te hizo. Yo fui quien te secó las lágrimas. Y si esperas que me eche a un lado y te deje volver a esa relación venenosa sin rechistar, te equivocas.

Ella levantó la barbilla y le hizo frente.

—No voy a volver a tener una relación con Franco.

—¿Y entonces por qué vas?

—¡Voy a ver a un hombre que está al borde de la muerte!

—¿Y para qué?

Presa de una furia repentina, Lexi abrió la boca para decir algo brusco y cargado de rabia, pero entonces se lo pensó mejor.

—Todavía le quieres.

—No le quiero —le dijo a Bruce. Rodeó el escritorio y se puso a buscar su bolso por todos los cajones.

—Todavía le deseas.

—¡No! —encontró el bolso y lo sacó de un cajón.

—¿Por qué vas entonces? —le preguntó Bruce, insistiendo y yendo hacia ella.

—Solo voy a tomarme un par de días libres. ¡Por Dios!

—¿Estuvo él junto a tu cama cuando perdiste a tu bebé? —le espetó Bruce—. No. ¿Le importó algo que sufrieras, que estuvieras asustada y sola? No. Estaba demasiado ocupado revolcándose con una de sus gatitas. Tardó veinticuatro horas en aparecer, y para entonces esa zorra ya se había asegurado bien de que supieras dónde había estado. ¡No le debes nada, Lexi!

—¡Pero eso no significa que me tenga que comportar tan mal como él! —gritó Lexi, pálida como la leche.

Todo era dolorosamente real.

—Está herido, Bruce, y Marco me caía bien. ¡Por favor, trata de entender que no podría vivir conmigo misma si no voy!

—¿A costa de quién? ¿De nosotros?

Esa última palabra dejó a Lexi petrificada. Se quedó mirando fijamente al hombre que tenía delante, tan elegante con ese traje gris... Volvió a sentir el escozor de las lágrimas en la garganta. Bruce tenía treinta y cinco

años, y muchas veces se sentía apabullada por esa arrolladora madurez. La fría rabia que chispeaba en sus ojos
azul claro, el filo cínico que acompañaba a todas y cada
una de sus palabras... Bruce no solía mostrarle ese lado
de sí mismo... En realidad, Lexi jamás se hubiera podido imaginar que fuera a hacer algo así; sacar a cola-
ción un tema que ambos llevaban meses esquivando.
Bruce era su mentor, su salvador, su mejor amigo, y le
quería mucho, de una manera muy especial que solo se
daba con él. Pero no le quería como él hubiera querido,
por mucho que quisiera hacerlo.

—No. Olvida lo que he dicho —Bruce suspiró de repente y gesticuló con una mano, como si estuviera dejando a un lado el desafío—. Estoy enojado por... —se
detuvo y masculló un juramento en voz baja antes de
proseguir—. Franco ha reaparecido justo en el momento en que empezabas a... —suspiró de nuevo—. Vete
—dijo finalmente, dando media vuelta—. A lo mejor
verle después de tanto tiempo te hace ver que has madurado, mientras que él sigue siendo... Solo espero
que seas capaz de cerrar de una vez ese capítulo, que
le pongas fin a tus sentimientos por él y que cuando
vuelvas seas capaz de seguir adelante con tu vida sin
ese bastardo.

Lexi, parada detrás del escritorio y asiendo con
fuerza el bolso, supo en ese preciso instante que algo
había llegado a su fin. Su relación con Bruce estaba aca-
bada. Lágrimas amargas afloraron a sus ojos en cuanto
se dio cuenta de lo que implicaba esa revelación. Había
sido una tonta, injusta, egoísta... Sabía lo que él sentía
por ella, pero había elegido obviar esa realidad para no
tener que enfrentarse a ella. En los meses anteriores, incluso había empezado a convencerse de que sí era posible tener una relación más íntima con él. Trabajaban
tan bien juntos y se gustaban tanto...

Pero gustarse no era suficiente, y ella lo sabía. Siempre lo había sabido. No había jugado limpio con Bruce, desde el momento en que había notado cómo cambiaban sus sentimientos hacia ella.

Lexi agarró el abrigo. No tenía tiempo en ese momento, pero cuando regresara de Italia, Bruce y ella tendrían una larga conversación...

El golpe que se había llevado ese día le había hecho verse a sí misma desde otra perspectiva. Solo tenía veintitrés años, pero ya se había enamorado de un playboy rico e irresponsable, se había quedado embarazada de él, se había casado y había aprendido a odiarle... Y él la había despreciado por todo ello.

«¿Por qué vuelves a su vida entonces?».

Esa misma tarde Lexi seguía dándole vueltas a esa pregunta mientras se abría camino por el aeropuerto de Pisa. Esbelta, pero pequeña, caminaba a paso ligero entre la gente, con sus vaqueros ajustados y elásticos, una chaqueta gris y un fular alrededor del cuello. Llevaba el cabello suelto y sus ojos azul verdoso escudriñaban la multitud, buscando a la persona que iba a recogerla. No tardó mucho en localizar a un rostro que le resultaba familiar.

Pietro, un hombre bajito y elegante, con el pelo canoso y la tez bronceada, la esperaba detrás de la barrera. Era el chófer personal de Salvatore, y su esposa, Zeta, era el ama de llaves en el mayestático Castello Monfalcone, la finca de los Tolle, situado en las afueras de la ciudad de Livorno. Pietro y Zeta siempre habían sido cordiales, pero ella sabía que nunca había sido santo de su devoción. Dando un paso adelante, Pietro la saludó con un gesto sombrío.

—Me alegro de verla de nuevo, *signora,* aunque no en estas circunstancias.

—No.

El hombre agarró su bolso de viaje y echó a andar. Lexi fue tras él. Diez minutos después estaban en camino, rumbo a Livorno.

Lexi guardaba silencio y miraba por la ventana, reconociendo vistas que le eran muy familiares. Era extraño... pero había llegado a tomarle aprecio a aquella ciudad, aunque odiara todo lo demás.

Aquella ciudad había sido... su escape de la tensión y de las miradas condenatorias. Por aquel entonces solo tenía diecinueve años de edad, no era más que una niña... casada, embarazada y asustada. La habían hecho sentir como una fugitiva, marginada y relegada. Salvatore ni siquiera podía mirarla a la cara. Francesco solía ponerse furioso, con cualquiera que se le acercara... Se peleaba, sobre todo con su padre... Le guardaba mucho resentimiento por su actitud hacia ella. Odiaba no poder defenderla... porque tampoco estaba seguro de ella. Su padre había logrado sembrar la semilla de la sospecha en él con sus acusaciones.

—¿Por qué te molestaste en casarte conmigo?

Lexi se sobresaltó al oír el eco de su propia voz dentro de su cabeza.

—¿Qué se suponía que tenía que hacer contigo? ¿Dejar que te murieras de hambre en las calles?

«Cuando el amor verdadero se convierte en odio...».

Todavía podía recordar el dolor que había padecido durante meses...

«Oh, por favor, que empiecen ya los violines...», se dijo a sí misma.

Había tenido una aventura apasionante con el playboy más sexy y se había quedado embarazada. Después se había casado con él, se había arrepentido de ello profundamente y había perdido al bebé, lo cual, para la mayoría de la gente, había sido un gran alivio...

Tenía que llorar por ese niño, pero no por un disparatado matrimonio que jamás debió llevarse a cabo.

«Y no empieces a compadecerte de ti misma, porque no te sirvió de nada en el pasado y tampoco te va a servir ahora...», se dijo, enojada consigo misma.

El coche aminoró la marcha y Lexi volvió a la realidad. Atravesaron las puertas del hospital. Era un edificio blanco muy exclusivo, situado en una finca bien protegida y aislada. Era el mismo hospital al que la habían llevado de urgencia tres años antes.

Lexi bajó del vehículo, levantó la vista y sintió cómo la embargaban esas viejas emociones, tan amargas como siempre. No quería volver a entrar en ese lugar... Se puso fría con solo pensarlo. Su bebé... su pequeño bebé... Había muerto allí, entre esas paredes... esos silenciosos corredores, esas lujosas estancias.

—El señor Salvatore me pidió que la acompañara, *signora*.

Al oír la voz de Pietro a su lado, Lexi se sobresaltó. Parpadeó rápidamente.

—Por aquí.

De alguna forma, consiguió poner un pie delante del otro. Un guarda de seguridad esperaba frente a las puertas principales. Le pidió el pasaporte... Lexi lo buscó con urgencia dentro del bolso mientras Pietro trataba de explicar que no era necesario tomar tantas precauciones, que él mismo podía garantizar la identidad de la señora...

Lexi solo deseaba que se callara un momento... La situación ya empezaba a superarla de todas las formas posibles. Francesco no la necesitaba... No estaba solo en el mundo ni nada parecido. Tenía muchos familiares y amigos que seguramente estaban más que dispuestos a estar a su lado. Si aún le quedaba alguna pizca de sentido común, lo mejor que podía hacer era dar media vuelta y marcharse de allí. Pero no lo hizo. Siguiendo a Pietro, atravesó el vestíbulo del hospital y entró en el ascensor que los llevaría a la planta correspondiente. Tras recorrer un silencioso pasillo, Pietro abrió una puerta y se hizo a un lado para dejarla pasar. Sintiéndose como si flotara sobre una corriente de aire frío, Lexi respiró profundamente y entró en la habitación.

Lo primero que se encontró fue un grupo de sillas mullidas situadas alrededor de una mesa baja. Encima había unas cuantas revistas. El aroma a café recién hecho impregnaba el ambiente... Desconcertada, Lexi se dio cuenta de que estaba en un salón previo a la habitación de Franco. Había una enfermera bastante guapa sentada frente a un ordenador. Al ver a Lexi levantó la vista y sonrió.

—Ah, *buona sera, signora* Tolle.

Lexi se sorprendió al ver que la reconocía.

—Su marido está durmiendo ahora mismo, pero puede entrar y quedarse con él. Él se sentirá mucho mejor sabiendo que ya está aquí.

Lexi atravesó la estancia y fue hacia la puerta que le indicaba la enfermera. El corazón se le salía del pecho, retumbaba en sus oídos. Empujó la puerta con cuidado, cruzó el umbral y la cerró con suavidad. Se apoyó en ella un instante, temerosa de lo que se iba a encontrar.

La habitación era mucho más grande que aquella en la que había estado tres años antes. Era un espacio amplio y blanco. Las cortinas, a medio abrir, arrojaban sombras en forma de rayas que paliaban el sol intenso de media tarde.

Lexi sentía que cada célula de su cuerpo absorbía esa

quietud perfecta que impregnaba todo el lugar... No podía moverse. Solo era capaz de mirar esos tubos y cables que conducían a un monitor lleno de gráficos y números que parpadeaban en silencio.

–Puedes acercarte un poco más, Lexi. No muerdo.

Capítulo 2

EL SONIDO de esa voz seca, ligeramente ahogada, reverberó por el cuerpo de Lexi como un escalofrío. Miró hacia la cama, consciente de que había estado evitándolo, temerosa de lo que iba a ver.

No había almohada y habían colocado una especie de jaula sobre sus piernas. De repente la joven sintió que el corazón se le encogía... Cuando alguien tenía que permanecer tumbado de esa manera, normalmente significaba que tenía una lesión en la espalda. La jaula solía indicar que había fracturas en las piernas, pero todos esos tubos a los que estaba enchufado... No se había molestado en preguntarle a nadie cuáles eran sus heridas, ni a la enfermera, ni a Pietro... A lo mejor debía volver a salir y...

–Lexi... –murmuró Franco con impaciencia al ver que ella tardaba en contestar–. Si estás pensando en irte corriendo, no lo hagas, por favor.

–¿Cómo sabías que era yo?

–Todavía llevas el mismo perfume.

Lexi se sorprendió al ver que él se acordaba, sobre todo teniendo en cuenta la larga lista de perfumes que habían pasado por su vida desde que había roto con ella. Decenas de mujeres que aparecían con él en las portadas de las revistas... Todas eran sofisticadas, esbeltas, glamurosas...

–No me puedo mover. Apiádate un poco de mí, *cara*. Ven y deja que te vea, por favor.

Asiendo el bolso con fuerza, Lexi se soltó de la puerta y avanzó, con las piernas temblando. Se detuvo al pie de la cama. Al ver ese hermoso cuerpo, siempre fuerte y vital, tumbado en aquella cama, como un muerto, la joven sintió que se le caía el alma a los pies. Una sábana de lino blanco le cubría hasta el abdomen. Solo se le veía el torso, sólido y musculoso, bronceado... Tenía un aparatoso vendaje alrededor del hombro izquierdo que le daba la vuelta alrededor de las costillas. De repente Lexi se fijó en los hematomas oscuros que parecían brotar por el borde de las vendas.

–*Ciao* –murmuró él en un tono ronco, áspero.

Lexi sacudió la cabeza y trato de ocultar las lágrimas.

–Pero, mírate, Franco –susurró.

Franco se alegró de ver esas lágrimas en sus ojos. Quería alegrarse. Quería que sufriera, quería darle pena.

Estaba tan guapa... Su melena parecía flotar alrededor de sus hombros como un halo de fuego, enmarcando ese hermoso rostro con forma de corazón. Le daba igual que llevara esa ropa tan sencilla y gris. Para él seguía siendo aquel rayo de luz que le había sacado de la oscuridad en los días más aciagos de toda su vida.

–Mírame –le pidió, sintiendo la tensión entre ellos. Podía sentirla luchando consigo misma y conocía el porqué de esa batalla. En otro tiempo, nunca habían sido capaces de mirarse a los ojos sin devorarse con la mirada. El día que habían dejado de mirarse así, todo se había ido al traste.

–Por favor, *cara*.

De repente, ella parpadeó rápidamente y levantó la vista, revelando una mirada tan azul y profunda como el océano, enturbiada por un maremágnum de emociones. Franco sintió que algo se clavaba en su interior como un cuchillo afilado. La máquina a la que estaba conectado empezó a pitar.

Lexi miró el aparato con ojos de angustia. El aliento se le escapó. Estaban pasando cosas. No sabía cómo era un pulso normal, pero esos números que parpadeaban sin cesar aumentaban vertiginosamente. Incapaz de seguir quieta por más tiempo, rodeó la cama y fue hacia él.

–¿Qué sucede? –quiso agarrar la mano de Franco y se encontró con un soporte de plástico del que salían innumerables cables. Pero antes de que pudiera apartarse, él le agarró la suya con fuerza, atrapándola.

–Estoy bien –le dijo, con suficiente confianza como para inspirar tranquilidad.

La puerta se abrió de repente y una enfermera entró a toda velocidad. Fue hasta el otro lado de la cama y empezó a hacer una serie de comprobaciones.

–Creo que su esposa le ha dado una buena sorpresa.

–Sí que me ha hecho algo –dijo Franco con tristeza.

Lexi trató de soltarse en ese momento, pero él le apretó la mano con más fuerza. Unos segundos más tarde, la compasión se apoderó de ella y entonces relajó los dedos por fin. Él cerró los ojos y soltó el aliento lentamente. Casi de forma automática los números que aparecían en la pantalla empezaron a disminuir con suavidad. Paradas a ambos lados de la cama, Lexi y la enfermera se quedaron mirando el monitor durante unos segundos. La enfermera le tomó el pulso...

Cuando todo volvió a la normalidad, Lexi sintió que necesitaba sentarse. Las piernas le fallaban. Arrastró una silla que tenía a su derecha y se sentó junto a él. Franco no se movía, ni abría los ojos, así que se atrevió a mirarle de nuevo. Ese magnetismo fiero que siempre había tenido seguía ahí...

–Siento mucho lo de Marco –murmuró ella con dolor.

La máquina empezó a pitar de nuevo. La enfermera

le lanzó una mirada de advertencia y sacudió la cabeza. Captando el mensaje, Lexi apretó los labios. Volvió a mirar a Franco. Parecía que se había puesto aún más pálido, y ella sabía por qué. Debía de estarse culpando por la muerte de Marco, su amigo del alma, su más fiel seguidor. Él disponía, y Marco hacía... Pero esa lealtad casi de esclavo también había sido una carga para él. Nadie lo sabía tan bien como ella, porque ella también se había esclavizado de esa manera.

¿Era por eso que había ido a verlo? ¿Porque sabía que ese amor de esclavo y esa dependencia total de él se había convertido en una terrible carga para él, y se sentía culpable por ello? De repente su mente volvió a aquel largo verano, cuatro años antes, cuando por fin había sido capaz de hacer algo por sí misma, lejos del control sobreprotector de su madre, la gran Grace Hamilton, que había sacrificado su propia carrera para dedicarse a la de su hija... Solo tenía diecinueve años... Era tan joven e ingenua...

Pero aquel año su madre también se había enamorado por primera vez en toda su vida y se había casado con Philippe Reynard, un empresario francés, rico y poderoso, todo lo que ella había querido siempre. Él tenía un apartamento de lujo en París y una mansión en Burdeos; un yate en el que pasaba los veranos... La había hecho sentir como una princesa y se la había llevado a navegar por las islas griegas en la luna de miel. Gracias a él, Lexi había podido ser libre por primera vez en su vida. La habían dejado asistir al Festival de Cannes, sin la opresiva compañía de su madre esa vez... Pero tanta libertad repentina había terminado subiéndosele un poco a la cabeza y así se había dejado llevar por el glamour de una vida lujosa. Se había dejado absorber por ese mundo como un yonqui, ciego y destructivo... Y al final había perdido el discernimiento, la capacidad de pensar con claridad, sobre todo con las cosas que más deberían haberle importado.

De Cannes a Niza, Cap Ferrat, Monte Carlo, San Remo...

San Remo.

Lexi cerró los ojos y vio ese mismo cielo azul y esas aguas radiantes que había visto por la televisión. Vio las hileras de yates de lujo, atracados en el puerto deportivo... Los bulevares fastuosos, llenos de boutiques exclusivas, las terrazas frecuentadas por esos niños mimados y escandalosamente ricos. Por allí se dejaba ver la *jet set*, la flor y nata de la sociedad... Millonarios de piel dorada y sonrisas de oro... Lexi podía oír sus carcajadas sofisticadas, podía sentir el tirón seductor de su soberbia y su ego. Realmente había llegado a sentirse como uno de ellos... La estrella de moda...

Y allí estaba Franco... El más radiante y maravilloso de todos ellos, el que poseía toda esa belleza masculina que solo daban unos ancestros italianos y aristocráticos... Era algo mayor que ella, y mucho más experimentado en todas las cosas de la vida, el líder de la manada... Pero ella le había atrapado... La señorita más ingenua y remilgada se había llevado la joya de la corona, sin siquiera preguntarse cómo lo había hecho. Jamás se le hubiera ocurrido pensar que sus amigos pudieran encontrar diversión en esa inocencia que la caracterizaba; toda una novedad que se había convertido en un juego muy divertido.

Lexi se estremeció. La cruda realidad de la humillación trepaba por sus huesos y la dejaba helada. Seis meses después todo había terminado. De repente se había sorprendido a sí misma, recogiendo los escombros de su propia vida, en medio de tanta destrucción. Su madre y su padrastro se habían matado en un accidente de coche... Todo había salido a la luz... Philippe Reynard llevaba toda la vida endeudado y, durante ese breve matrimonio, le había robado todo el dinero a su madre...

«Invirtiendo en el futuro de Lexi...», solía decir él. Una broma de mal gusto.

Pero ni siquiera había sido eso lo que la había hundido en la más profunda de las miserias. Con el rostro encendido, Lexi contempló al hombre que se había apoderado de su vida y recordó aquello que la había roto en mil pedazos. Al final se había enterado de lo de la apuesta... Sus supuestos amigos habían apostado por ver quién se la llevaba a la cama antes de que terminara el verano. Toda esa gente a la que llamaba «amigos» se había reído de ella hasta la saciedad cuando Franco había resultado ganador...

Jamás podría olvidar el vídeo que le habían enviado a su teléfono móvil... En él se podía ver a Franco, recogiendo el premio. Aún recordaba la hora, el día, su sonrisa perezosa y complaciente... Lo único que faltaba eran fotos de él con ella en la cama... Pero eso no significaba que no hubiera pruebas de ello. Cuando por fin se había quitado la venda de los ojos, se había dado cuenta de que Franco era capaz de eso, y de mucho más. No había sido más que un pasatiempo, un entretenimiento más en su vida de lujos y excesos.

Pero, al parecer, el destino siempre pasaba factura. Francesco Tolle, niño mimado de la alta sociedad europea, había recibido su merecido por fin... La crueldad con que había tratado a aquella pobre chica huérfana, embarazada y arruinada, no había quedado impune.

Lexi parpadeó varias veces, volviendo al presente. La puerta se cerró... La enfermera acababa de salir. Volvió a mirar el monitor... Todo había vuelto a la normalidad.

Franco seguía sin abrir los ojos, así que empezó a preguntarse si se había quedado dormido. Todavía le sujetaba la mano; sus dedos grandes y fuertes le abarcaban toda la mano, igual que siempre... Pero todo era distinto... Esa vía llena de cables le inyectaba drogas y alimento en las venas...

Tenía que afeitarse... De pronto Lexi sintió el deseo de tocar ese rostro, deslizar las yemas de los dedos sobre esa barba de un día... Sentir el picor del fino vello bajo los dedos... No era de extrañar que hubiera perdido la cabeza por él como una adolescente... Pero ese amor inocente se había convertido en veneno; un veneno que la había corroído por dentro. Todavía podía recordar su cara al enterarse de que estaba embarazada. Sus pupilas marrones y profundas se habían vuelto de vidrio de repente, y entonces, por fin, había asumido la responsabilidad, de todo... ¿Dónde estaba su amor propio? ¿Cómo le había dejado humillarla de esa manera? El amor ciego y el miedo a perderle habían sido su ruina... Lexi sentía vergüenza de sí misma, pero sobre todo se avergonzaba de saber que, a pesar de todas las cosas horribles que le había hecho, había accedido a casarse con él para castigarle por esa despreciable apuesta.

Al levantar la vista, se topó con dos ojos oscuros que la dejaban desnuda, por dentro y por fuera.

Lexi se soltó bruscamente y se echó hacia atrás en la silla, tensa y molesta.

—No sé por qué he venido —confesó rápidamente—. Tuve una premonición horrible... Sentí que ibas a morir... Y que, si no venía, siempre me quedaría esa horrible sensación de haberme portado mal...

—¿Te sentirías mejor si cumpliera tu premonición al pie de la letra, *cara*? Por lo menos serías una viuda muy rica.

—No hables así —Lexi le atravesó con una mirada afilada—. Yo nunca te he deseado la muerte y no quiero tu dinero.

–Sé que no, y es por eso que esta situación es tan irónica.

–¿Irónica? ¿Dónde está la ironía? Yo solo veo a un tipo que está destrozado.

–No estoy tan mal como crees.

Lexi le miró de arriba abajo una vez más.

–Bueno, pues explícame qué es estar destrozado para ti –dijo Lexi, gesticulando con la mano–. Estás paralizado, y tienes una jaula alrededor de las piernas.

–Tengo que permanecer tumbado por precaución, porque me disloqué un par de vértebras... En las piernas solo tengo una herida en el muslo izquierdo. Me tuvieron que dar unos cuantos puntos.

–¿Y todos esos vendajes? –le preguntó Lexi, mirándole el pecho.

–Un par de costillas rotas y un hombro dislocado que les costó un poco poner en su sitio.

Lexi se puso pálida al imaginarlo todo.

–¿Algo más?

–¿La cabeza adolorida?

La cabeza adolorida... Entonces no había ni huesos rotos, ni daños cerebrales, ni heridas de muerte que justificaran la insistencia de Salvatore Tolle... Lexi cambió la ansiedad por incomodidad en un abrir y cerrar de ojos.

–Se supone que estabas gravemente herido –le dijo, en un tono acusador.

–¿No te parecen serias estas lesiones?

–No –dijo ella.

El verano durante el que había conocido a Franco, él estaba de crucero por el Mediterráneo, convaleciente tras una fractura en una pierna que le había hecho pasar varias veces por el quirófano. Habían tenido que meterle unos cuantos clavos para soldar la rotura.

–Tu padre me hizo pensar que tú...

–¿Que quería verte?

–¡Sangrando, destrozado, llamándome! –exclamó Lexi, recordando lo que le había dicho Salvatore–. Eso implicaba que estabas en coma o algo.

–La gente que está en coma no habla.

–Oh, cállate –Lexi se puso en pie de un salto, dio un par de pasos y volvió a darse la vuelta de golpe.

Franco cerró los párpados un momento.

–Deja el bolso y quítate la chaqueta y la bufanda. Te vas a asar.

–Me voy.

–No te vas –le dijo él–. Porque nada más mirarme, ya no pudiste dejar de hacerlo.

Lexi respiró entrecortadamente.

–Eres el ser más engreído que... –masculló con rabia.

–*Dio mio* –dijo él–. ¡Vaya! Incluso viéndome aquí tumbado, herido y adolorido, indefenso, no has podido resistirte a desnudarme con la imaginación para recordar qué aspecto tengo.

–¡Eso no es cierto! –dijo Lexi, enfurecida.

Él sonrió.

–Estoy algo estropeado, pero lo importante me funciona bien. Sé cuándo me desean. Tú también estás increíble, *bella mia*. Incluso con toda esa ropa que llevas encima.

–En Inglaterra hace frío –Lexi no tenía ni idea de por qué le había dicho eso.

–Me alegro de no haberme ido para allá entonces –contestó Franco–. Septiembre debería ser un mes maravilloso. El clima de Inglaterra ya no es lo que era.

Cerró los ojos, como si ya no tuviera fuerzas para mantenerlos abiertos. Lexi se mordió el labio inferior unos segundos, preguntándose qué debía hacer.

–Estás cansado –murmuró–. Deberías descansar.

–Estoy descansando.

–Sí, pero... –le miró de arriba abajo–. Debería irme ahora para que puedas descansar de verdad.

–Pero si acabas de llegar.

–Lo sé... –Lexi se dio cuenta de que había vuelto a acercarse a la cama–. Pero sabes que en realidad no me necesitas aquí, Franco. Es solo que...

–Iba a ir a verte a Londres después de la carrera, y entonces pasó esto –le dijo, gesticulando–. Tenemos que hablar de unas cuantas cosas.

–¿Me estás diciendo que tuviste el accidente porque te envié los papeles del divorcio? –le preguntó, pensando lo peor de él.

–No. No estoy diciendo eso –le dijo él rápidamente y entonces dejó escapar una especie de gruñido, como si enfadarse le hiciera más daño que cualquier otra cosa.

–¿Estás bien? –le preguntó Lexi, mirando el monitor.

–Sí –murmuró él.

Pero su respiración se había hecho más débil de repente.

–Estas malditas costillas me matan cada vez que respiro.

–Parece que vayas a desmayarte en cualquier momento –dijo Lexi, ansiosa, viendo cómo se ponía cada vez más pálido.

–Son las drogas. Mañana ya no tendré que tomarlas más y podré salir de aquí.

Lexi quiso decirle que no se hiciera tantas ilusiones, pero entonces se lo pensó mejor.

Se hizo un silencio entre ellos. Lexi volvió a sentarse...

De repente recordó aquel día lejano... años antes... cuando Franco había pasado toda la noche junto a su cama. Habían tenido una pelea horrible, una más de tantas, pero aquella había terminado de la peor manera posible. Dejándole con la palabra en la boca, Lexi había dado media vuelta y entonces se había desmayado, cayendo a los pies de él. Debía de haber pasado mucho tiempo inconsciente... Solo recordaba haberse despertado en su cama, con un médico a su lado, tomándole la tensión.

Levantó la vista y miró una vez más el monitor que controlaba las constantes vitales de Franco. Volvió a mirarle a él. El pelo se le había rizado. De haberlo sabido, se hubiera enfadado mucho. Siempre hacía todo lo posible por llevarlo liso... Aquel día, cuando se había desmayado, también se le había rizado. Parecía una estatua sombría junto a su cama, inmóvil, gris...

–Su esposa necesita descansar, *signor Tolle*. Volveré mañana –le había dicho el médico y entonces se había dirigido a ella–. Si la tensión no le ha bajado para entonces, tendrá que ir al hospital –había añadido a modo de advertencia.

–Lo siento.

Lexi parpadeó. Aquella disculpa reticente había sonado como si él acabara de decirla.

–Vete y déjame en paz –le había dicho ella entonces, dándole la espalda.

Pero él no se había ido...

Volviendo al presente, Lexi se sorprendió de ver que se había hecho de noche mientras pensaba en sus cosas, absorta en el pasado, en los recuerdos. Franco seguía sin moverse.

¿De qué habían discutido? No podía recordarlo... Pero seguramente había sido ella quien había empezado. Solía ser ella... Cuando el amor se convertía en odio, siempre era un odio amargo, lleno de resentimiento, de veneno... Y el objeto de ese odio ya no podía decir o hacer nada bien.

Buen momento para marcharse... No quería volver

a sentirse como la persona que solía ser por aquel entonces. Se agachó para recoger el bolso, se puso en pie y se volvió hacia la puerta.

—¿Adónde vas?

La sorpresa le recorrió la espalda en forma de un escalofrío.

—He pensado que es mejor que me vaya y te deje dormir.

—¿Si te prometo caer en un coma profundo, te quedas?

Lexi se dio la vuelta.

—¡Eso no ha tenido ninguna gracia, Francesco!

En la penumbra pudo ver que él hacía una mueca burlona.

—Suenas como una esposa cascarrabias.

—Bueno, eso ha tenido menos gracia todavía.

—Ya... Y yo era ese maldito marido egoísta.

—Escucha... —Lexi respiró hondo—. Espero que te mejores pronto. Y siento mucho lo de... Marco... —tenía que decirlo, aunque la enfermera le hubiera dicho que aún no estaba preparado para hablar de Marco—. Pero sabes tan bien como yo que mi sitio no está aquí.

—Quiero que estés aquí.

Lexi sacudió la cabeza.

—Todo va a estar bien. En un par de días te preguntarás por qué te empeñaste en que viniera.

—Sé exactamente por qué quiero que estés aquí.

—Me vuelvo a Londres.

—Si sales por esa puerta, me arrancaré todos estos cables e iré a por ti, Lexi.

Ella suspiró.

—¿Por qué ibas a hacer una estupidez como esa?

—Ya te lo dije. Tenemos que hablar.

—Podemos hablar a través de nuestros abogados —dijo Lexi, siguiendo su camino hacia la puerta.

–Tendrás que hablar de esto conmigo cara a cara, porque no quiero divorciarme.

Lexi se dio la vuelta con brusquedad.

–¡Pero si llevamos tres años sin hablar, sin vernos siquiera! Claro que quieres divorciarte. Yo quiero divorciarme.

Dio media vuelta y agarró el picaporte, pero justo en ese momento oyó un ruido que venía de detrás. Un gélido escalofrío le recorrió la espalda y la hizo volverse de nuevo. Él se había incorporado e intentaba quitarse las vías que tenía en el dorso de la mano. Por suerte, las drogas que le habían dado disminuían su coordinación.

–Pero ¿qué te crees que estás haciendo?

Corrió junto a él y le cubrió la mano con la suya propia, intentando detenerle, pero él cambió de idea y empezó a quitarse la sábana de encima. Justo en el instante en que Lexi intentaba sujetar la jaula que le rodeaba las piernas, la estructura completa cayó al suelo. Y entonces pudo ver lo que había debajo. Horrorizada, se quedó mirando una de sus piernas, violentamente amoratada y sujeta por una estructura de metal.

–Oh, Dios mío –forcejeando con él para quitarle la sábana al tiempo que intentaba impedirle que se levantara de la cama.

Las alarmas empezaron a sonar por todas partes. Reaccionando de forma automática, Lexi le sujetó las mejillas con ambas manos y le obligó a mirarla a los ojos.

–Por favor, para ya –se inclinó sobre él y le besó en los labios.

Le besó sin saber por qué lo hacía. Le besó hasta que él dejó de resistirse y se quedó completamente quieto. Fue un pequeño momento de locura; tanto así que ni siquiera se detuvo cuando unas luces brillantes se encendieron y la enfermera entró a toda velocidad.

Cuando por fin se apartó, él casi no podía respirar. Podía sentir su aliento entrecortado sobre la cara... Parecía que se asfixiaba... Le miró a los ojos... Negro azabache... Las lágrimas le nublaron la vista. No podía dejar de temblar.

—Me quedo —le dijo, tartamudeando—. Haré lo que sea con tal de que vuelvas a tumbarte. Por favor, Franco... Por favor, me quedo.

Capítulo 3

LEXI se sentó en una de las sillas de la antesala que precedía a la habitación de Franco, con una taza de café caliente que la enfermera acababa de darle. A su lado estaba el doctor Cavelli, esperando a que se calmara un poco.

–Tiene que entender, *signora Tolle*, que su marido no necesita vigilancia las veinticuatro horas porque sus heridas sean graves. Es su estado mental lo que más nos preocupa.

–¿Su estado mental? –Lexi levantó la cabeza, sorprendida.

–Su marido es extraordinariamente fuerte y saludable, tal y como acaba de demostrar –el doctor Cavelli esbozó una triste sonrisa–. Tiene muchas lesiones, pero ya están empezando a mejorar. Sin embargo, acaba de perder a su mejor amigo en unas circunstancias muy violentas.

–Franco y Marco eran como hermanos –Lexi asintió con la cabeza–. Claro que siente mucho la pérdida de su amigo.

–Pero la forma en que está lidiando con esa pérdida es lo que más nos preocupa. Creo que ya ha visto cómo reacciona cuando se menciona el nombre del señor Clemente... O lo ignora por completo, o se agita muchísimo.

–Claro que se agita mucho –dijo Lexi, saliendo en defensa de Franco–. ¿Cómo quiere que reaccione?

¿Quiere que se eche a llorar? Está conmocionado y herido. Debe de sentirse muy culpable por haber sobrevivido a Marco.

–*Signora*, eso es lo que trato de decir. Franco ha elegido adoptar una postura defensiva, retrayéndose por completo y huyendo de la tragedia. Bloquea el incidente del todo.

–Solo necesita tiempo para... recuperarse un poco –Lexi salió en defensa de Franco una vez más–. El accidente ocurrió esta mañana, y usted ya me está diciendo que hay algún riesgo de suicidio.

–No creo haber usado un lenguaje tan dramático –aseveró el médico con prudencia.

Lexi le miró fijamente y se dio cuenta de que el doctor Cavelli la observaba con el ceño fruncido. Algo la hizo mirar hacia la enfermera, que estaba en su puesto. Esta también la miraba de una forma rara.

–¿Qué? ¿Qué he dicho para que me miren así? –Lexi dejó sobre la mesa la taza de café antes de derramar algo–. No habrá intentado...

El doctor Cavelli lo negó con la cabeza rápidamente.

–*Signora*... El accidente tuvo lugar hace tres días.

Lexi parpadeó.

–Pero lo he visto hoy en las noticias. Decían que... –no recordaba muy bien si habían dado una fecha exacta–. Y el padre de Franco me llamó esta mañana...

–Su marido lleva dos días entrando y saliendo de un estado de inconsciencia. No ha sido hasta hoy que ha recuperado plena consciencia.

Lexi siguió mirándole fijamente. Se sentía como un búho, posado sobre una rama, a punto de caer. Twitter... Había oído a Suzy hablando de Twitter. En su cabeza volvió a ver las imágenes en aquella pantalla plana y se dio cuenta de que debían de haberlo visto en uno de esos canales de noticias sensacionalistas. Se tapó la boca con la mano y empezó a temblar de repente. Franco llevaba en esa cama tres días y ella acababa de enterarse.

—Nada más despertarse, se puso muy intranquilo —dijo el médico, prosiguiendo—. Se negó a que habláramos del señor Clemente desde el momento en que su padre le dio la noticia de su muerte. Hizo que retiraran de la habitación todas las flores y tarjetas que le habían mandado familiares y amigos y les prohibió a todos que vinieran a visitarle.

Por primera vez desde su llegada, Lexi reparó en lo vacía que estaba esa sala de espera. Debería haber estado llena de gente...

—¿Dónde está el padre de Franco? —susurró.

—El señor Salvatore Tolle tampoco puede entrar. Su hijo también se lo ha prohibido.

Lexi abrió los ojos, perpleja.

—¿Se está quedando conmigo, doctor?

—Ojalá fuera así, pero no —el médico sacudió la cabeza—. Su marido está furioso con el mundo. Es una reacción más habitual de lo que cree. Sin embargo, cuando pidió verla a usted y su padre le explicó que nadie la había llamado, reaccionó... muy mal. Intentó levantarse de la cama, insistió en que quería ir a Londres a verla. Se alteró tanto que le pedimos a su padre que la llamara y que la trajera lo más pronto posible. Una vez supo que usted estaba en camino, se calmó un poco... Creemos que su forma de lidiar con la muerte del señor Clemente ha sido desviar el foco de atención hacia usted y... discúlpeme... hacia el problema de su matrimonio.

Los papeles del divorcio... Lexi cerró los ojos. El corazón se le cayó a los pies. De repente sintió ganas de vomitar. Franco había tenido ese accidente porque estaba pensando en esos papeles...

No.

Mesándose el cabello con dedos temblorosos, Lexi sacudió la cabeza con fiereza, negándose a creer que esa hubiera sido la causa.

–Nuestro matrimonio terminó hace tres años y medio –murmuró, para sí misma, más que para el médico. No podía creer que él hubiera podido reaccionar tan mal ante algo que sin duda ya debía de esperar–. Iré y hablaré con él –se puso en pie–. No puedo creerme que le haya prohibido la entrada a su propio padre. Averiguaré por qué se está comportando así y...

–Está durmiendo, señora –le recordó el médico al tiempo que ella se volvía hacia la puerta de Franco–. A lo mejor sería más conveniente que pensara un poco en todo lo que le he dicho antes de hablar con él.

Aquello no había sido una sugerencia, sino una orden muy bien expresada... Los ojos de Lexi echaron chispas.

–No está en su lecho de muerte. Y tampoco es un niño pequeño para que lo mimen y lo protejan de la verdad de esa manera. Y lo cierto es que no es justo que la pague con su padre de esa forma.

–A lo mejor mañana estará más calmada y lo habrá pensado todo mucho mejor... No creo que sea buena idea enfrentarse a él ahora mismo...

–Pero ¿qué clase de médico es usted?

–La clase de médico que se ocupa de la salud mental de las personas –le dijo el doctor Cavelli, esbozando una sonrisa seca–. Su marido tiene muchas lesiones, *signora*. No quisiera que se llevara la impresión de que no le prestamos suficiente atención a sus heridas físicas, porque no es así. Su corazón se paró dos veces en el lugar del accidente. El equipo de emergencias tuvo que esforzarse mucho para traerle de vuelta. Su conmoción cerebral fue, y es todavía, muy preocupante. Tiene la visión borrosa y sufre mareos continuos...

Lexi parpadeó al recordar la descoordinación de Franco al intentar quitarse las vías de la mano. No era capaz de atinar y controlar sus movimientos.

–La herida que tiene en el muslo era profunda, e hicieron falta unas cuantas horas de cirugía para volver a conectar correctamente todas las terminaciones nerviosas y los músculos.

Lexi se puso pálida. El doctor Cavelli extendió las manos, disculpándose por darle una explicación tan gráfica.

–Tuvo una hemorragia interna abundante y tuvimos que insertarle un drenaje en el pecho. Supongo que habrá visto los moratones que tiene. La pérdida de sangre fue importante y necesitó varias transfusiones. Además, durante un tiempo temimos que tuviera una lesión en la médula. Le digo todo esto porque creo que hacerle frente ahora para preguntarle por una situación tan traumática quizá no sea una buena idea. A lo mejor eso lo lleva a hacer algo más drástico que levantarse de la cama. No quisiera que le diera por marcharse de repente.

–¿Pero tiene fuerza suficiente para irse así como así?

–Tiene la fuerza de voluntad y la determinación que hacen falta para ello. Su marido la ha convertido en el alfiler, por así decir, que le mantiene de una pieza ahora mismo. Y, por tanto, tengo que pedirle que tenga mucho cuidado cuando hable con él... Usted es de gran importancia en este momento para su recuperación.

–Me mentiste sobre la gravedad de tus lesiones –dijo Lexi en cuanto Franco abrió los ojos.

Era muy tarde. Había ignorado el consejo del médico y había regresado a la habitación. Llevaba un buen rato observándole mientras dormía.

–Y no puedes prohibirle la entrada a tu padre a menos que quieras romperle el corazón. ¿Por qué iba a llamarme Salvatore y a traerme aquí? No es que tú y yo seamos amigos precisamente, ¿no?

Lexi se dio cuenta de que había cometido un error en cuanto vio la cara que ponía Franco. Mencionar la palabra «amigo» le había hecho recordar a Marco y su rostro se había vuelto hermético, indescifrable.

–Muy bien –Lexi dejó escapar el aliento con exasperación. Lo intentó con otra estrategia–. No puedes seguir levantándote de esta cama, no hasta que te digan que puedes.

–¿Te quedas?

Al recordar el beso del día anterior, y la promesa, Lexi se puso tensa.

–Ya te dije que sí.

–Dímelo de nuevo para que pueda estar seguro. Y prométemelo de verdad esta vez.

–Franco... Esto es tan... –se mordió el labio inferior.

Franco vio que estaba pálida, cansada... Tenía oscuras ojeras bajo los ojos. Siempre había sido testaruda. Era impulsiva, temperamental, y él sabía que en ese momento estaba haciendo todo lo posible por no arremeter contra él. La había atado a esa cama, a su lado, pero no se sentía mal por ello, no obstante. En realidad sentía una gran alegría y quería que ella se lo confirmara.

–Muy bien –dijo ella, respirando profundamente–. Te prometo que me quedo.

–Entonces no trataré de levantarme de esta cama hasta que me lo digan –volvió la mano sobre la sábana, la palma hacia arriba.

Lexi bajó la vista, sabiendo lo que ese gesto significaba. Después de un momento de vacilación, puso su propia mano sobre la de él.

Trato hecho.

Franco se la agarró con fuerza y entonces soltó el aliento, cerrando los ojos.

–¿Qué hora es?

–Las diez. Seguiste dormido durante la cena...

–No tengo hambre.

–... así que me la comí yo.

Eso le hizo abrir los ojos de nuevo. Esbozó una sonrisa perezosa y se volvió hacia ella. Su mirada se había suavizado.

–¿Qué era? –le preguntó con curiosidad.

–*Pomodori con riso*, de Zeta –le dijo ella–. Tu padre le pidió que...

–¿Mandó postre?

Lo había vuelto a hacer. Había obviado la mención de su padre.

–Un par de pasteles Maritozzi deliciosos. Franco, lo de tu padre...

Él apartó sus manos de las de ella.

–¿Desde cuándo te preocupas tanto por mi padre? –le preguntó con impaciencia–. Te trató como a una prostituta cuando estábamos juntos...

–Pero yo no soy su hijo adorado.

Franco apretó los labios y volvió a cerrar los ojos.

Molesta y frustrada, Lexi se echó hacia atrás y hacia delante de forma automática. No podía dejar el tema, a pesar de lo que el médico le había dicho.

–Francesco, por favor, escucha... –le dijo, intentando agarrarle la mano.

–Franco... Sé que estás furiosa conmigo cuando me llamas Francesco.

Lexi bajó la vista y vio que estaba trazando figuras sobre la palma de su propia mano, tal y como solía hacer cuando hablaban. De repente sintió unas ganas terribles de llorar. Habían pasado seis meses juntos y durante dos de esos meses habían sido inseparables. Durante los otros cuatro se habían odiado a muerte.

–Y cuando me llamas por mi nombre completo, Francesco Tolle... –añadió, imitando su impecable acento inglés–. Sé que estoy en un lío.

–Tú dejaste de llamarme Lexi. Me convertí en Alexia, y si dices que mi acento era frío, el tuyo era como un picahielos.

–Estaba enfadado.

–Sé que sí.

–Estaba locamente enamorado de ti, pero...

Ella se levantó tan rápidamente que Franco no tuvo tiempo de reaccionar. Cuando abrió los párpados nuevamente, fue como si mirara a una extraña; una extraña preciosa, pero dolorosamente distante.

–Será mejor que me vaya. Tengo que encontrar un sitio donde quedarme.

–Pietro habrá reservado una suite para ti en el hotel más próximo al hospital –consciente de que ya empezaba a arrastrar las palabras a causa de las drogas, Franco decidió dejarla escapar–. Te estará esperando para llevarte al hotel.

–Te veo mañana –murmuró ella y se marchó antes de que él pudiera decir nada más.

Soltando el aliento, Franco dejó caer los párpados y vio a esa otra Lexi, tan joven, sentada con las piernas cruzadas en la proa de su yate, el *Miranda*, contándole alguna historia estrambótica sobre algo que le había ocurrido en el set de rodaje de la película que había ido a promocionar a Cannes. No se daba cuenta de que el viento le agitaba el cabello, enredándoselo en nudos, ni tampoco sabía que ese biquini rojo que llevaba revelaba más de lo que debía. Y su inocencia brillaba como un aura extraña.

Pero por aquel entonces él solo estaba interesado en otra cosa...

Franco se cubrió los ojos con un brazo y por una vez deseó que le hubieran dado más sedantes, porque no quería recordar al depredador sexual que solía ser en aquella época. La habitación del yate, donde había vivido durante ese largo verano, ya estaba preparada para la seducción, y se moría de expectación...

Aquel juego les había llevado desde Cannes a Niza, Cabo Ferrat, Monte Carlo, y después San Remo...

San Remo...

Franco se apoyó en un brazo, sin importar lo mucho que le dolía. Alcanzó la campanilla y esperó a que la enfermera apareciera.

—Quiero que me quiten la jaula y todos estos tubos. Quiero un par de almohadas, y quiero mi teléfono móvil.

—Pero, *signor*...

—O, si no, me levanto y lo hago todo yo mismo.

No consiguió las dos primeras cosas, pero sí le dieron el teléfono.

—*Grazie.*

Lexi durmió como un tronco. No creía que fuera a poder pegar ojo, pero en cuanto su cabeza entró en contacto con la almohada, el agotamiento más arrollador se apoderó de ella.

A la mañana siguiente se despertó totalmente renovada, como si le hubieran recargado las pilas, pero sin saber por qué se sentía tan bien.

O a lo mejor era que no quería saberlo... Agarró el teléfono y pidió el desayuno. Se dio una ducha y esperó a que le llevaran la comida. Estaba muerta de hambre... Aunque le hubiera dicho a Franco que se había comido su cena, en realidad lo que había hecho era picotear los manjares que Zeta le había preparado.

Se levantó y atravesó la elegante sala de estar de la suite para mirar por la ventana y así decidir qué ponerse. El estómago le sonaba.

Tampoco tenía muchas opciones de vestuario. Había hecho la maleta a toda prisa y no había metido lo que realmente necesitaba. No había nada apropiado para el calor de Livorno en septiembre, y ni siquiera se había puesto zapatos.

Al final se decantó por un top de rayas y manga larga, unos leggings negros y botines. Justo cuando estaba terminando de vestirse, llamaron a la puerta... Fue a abrir, dando por hecho que era el servicio de habitaciones... Pero no. Tuvo que retroceder dos pasos, perpleja.

No se podía negar que Franco era la viva imagen de su padre. Impecablemente vestido con un traje oscuro, Salvatore Tolle, a sus cincuenta y tantos años de edad, seguía siendo un hombre muy atractivo.

–*Buongiorno,* Alexia.

–*Bu... buongiornio,* señor –dijo ella, tartamudeando.

–¿Puedo entrar?

Sin decir ni una palabra más, Lexi se echó a un lado. Los nervios la hicieron quedarse cerca de la puerta después de haberla cerrado. Él avanzó hasta el centro de la estancia y miró a su alrededor.

–¿Estás cómoda aquí?

Ella entrelazó las manos por delante.

–Sí, claro... Gracias.

Él asintió con la cabeza.

–He hablado con Francesco –le dijo de repente–. Me llamó anoche.

–¡Oh! Me alegro mucho de que lo haya hecho. Me sorprendí mucho cuando me dijeron que había...

–Tu preocupación por mí resulta conmovedora, pero yo preferiría que te la ahorraras –le dijo Salvatore, interrumpiéndola.

Fue como si le hubieran cerrado una puerta en la cara. Ya debería haberse acostumbrado, no obstante. Las pocas conversaciones que había mantenido con Salvatore siempre habían sido así.

–Aunque sí que te doy las gracias, Alexia –añadió de repente–. Por hablar con mi hijo.

–No fue nada.

Volvieron a llamar a la puerta y esa vez sí que era el desayuno. Contenta de poder hacer un paréntesis, Lexi dejó que entrara el camarero. Este se dirigió hacia una pequeña mesa situada junto a la ventana y dejó allí la bandeja.

–¿Le... le apetece una taza de té? –le preguntó a Salvatore cuando el camarero se marchó.

–No, *grazie* –contestó el padre de Franco–. Pero, siéntate, por favor, y tómate tu desayuno.

Lexi se sentó frente a la mesa, pero la idea de comer delante de Salvatore Tolle le quitó el apetito.

–Por favor, dígame por qué está aquí –le dijo, reconociendo la ansiedad que había en su propia voz–. No es por Franco, ¿verdad? Él no ha...

–Francesco está bien, si es que esa palabra puede describir las lesiones que ha sufrido. Vengo de verle.

–Oh, eso es... –Lexi se mordió el labio.

–Francesco no sabe que estoy aquí. ¿Lo entiendes? Me ha prohibido que me acerque a ti, así que mi relación con mi hijo vuelve a estar en tus manos, Alexia –sonrió con tristeza–. Pero hay un tema del que tengo que hablar contigo.

–¿Por qué no se sienta por lo menos? –le sugirió, señalando la otra silla.

Por un momento pareció que Salvatore Tolle iba a

tomarle la palabra, pero entonces miró el reloj, frunció el ceño y sacudió la cabeza.

–Tengo que irme en unos minutos. No quiero perder el vuelo a Nueva York. Estamos a punto de asegurar un contrato importante allí que nos permitirá mantener los astilleros de la ciudad a pleno rendimiento durante los próximos cuatro años. Francesco se estaba ocupando de todo, así que ahora tengo que ir yo en su lugar.

Lexi apretó los labios y asintió con la cabeza. Tenía que hacer algo con sus dedos inquietos, así que agarró un vaso de zumo.

–Por eso tengo que pedirte otro favor –añadió Salvatore–. No quiero dejar solo a mi hijo en un momento como este. Llegaré a tiempo para asistir al funeral de Marco la semana que viene –añadió rápidamente–. Sin embargo, tendré que regresar a Nueva York inmediatamente después. El tema es, Alexia, que, si todo sale bien, Francesco saldrá del hospital dentro de unos días. Como ha decidido depositar toda su confianza en ti, tengo que preguntarte si estás dispuesta a seguir a su lado durante las próximas semanas, puesto que yo no voy a poder.

Incapaz de seguir sentada, Lexi se puso en pie. Se sentía muy tensa, porque no sabía por cuánto tiempo podría soportar la compañía de Franco sin...

–¿De cuánto tiempo estamos hablando? Yo tengo un trabajo en Londres... Además de otros compromisos.

–No creo que un mes sea mucho pedir, dadas las circunstancias.

Era evidente que Salvatore Tolle no conocía a Bruce.

–Como Francesco sigue negándose a que vayan a verle, esperaba que tú pudieras convencerle de que fuera directamente a Monfalcone, en vez de quedarse en su apartamento de Livorno. Allí, Pietro y Zeta podrán ayudarte a cuidarle durante el período de convalecencia.

Salvatore se estaba refiriendo a la finca de la familia, situada en las afueras de Livorno. Allí habían vivido durante los pocos meses que había durado su desastroso matrimonio. Monfalcone era un castillo centenario hecho de piedras doradas. También era el lugar donde se había casado con Franco. Pero era mejor no recordar aquel día. La familia Tolle le había dado una fría bienvenida y Franco, furioso, les había echado de allí antes del primer vals. Al final se la había llevado a su apartamento de la ciudad durante una semana. Las peleas continuas les habían hecho volver a Monfalcone, no obstante, porque el castillo era tan grande que en él podían evitarse sin problemas.

—No se irá a Monfalcone sin ti —le dijo Salvatore con contundencia—. Está decidido a seguirte a Londres si no te quedas. No me explico por qué ha desarrollado esta fijación con vuestro matrimonio, pero sí sé que es fundamental para él.

Culpa...

Eso hubiera querido decir Lexi, pero prefirió callárselo.

El sentimiento de culpa por la muerte de Marco había reabierto viejas heridas... aunque Lexi también sabía que ella no le había tratado mucho mejor que él a ella. Cada vez que le miraba veía esa sonrisa complaciente que había puesto años antes al recoger el premio de la apuesta ganada. Cada vez que él trataba de arreglar las cosas, ella arremetía contra él como un látigo. Un día se había ido del castillo y ella casi se había alegrado de verle marchar... No había vuelto hasta dos semanas después... La amargura y la desilusión se habían convertido en una armadura bajo la que se escondía el dolor palpitante de un corazón roto...

—¿Es mucho pedir?

Lexi parpadeó y se dio cuenta de que había pasado

demasiado tiempo absorta en sus propios pensamientos. Levantó la vista hacia su suegro y vio una emoción que jamás hubiera esperado encontrar en aquel rostro de rasgos impasibles. Era algo parecido a la desesperación.

—Me quedo —le dijo y sonrió.

Ya había usado esa frase unas cuantas veces desde su llegada...

Capítulo 4

LEXI se detuvo ante la puerta. Se habían llevado los monitores, la cama estaba hecha, pero Franco no estaba por ninguna parte. Se dio la vuelta y se lo encontró sentado en una cómoda silla, junto a la ventana, frente a un ordenador portátil.

—¡Oh, ya te has levantado de la cama! —exclamó—. Genial.

—No soy un crío. No me hables como si lo fuera —respondió Franco con suficiente hostilidad como para poner en guardia a Lexi—. Llegas tarde. ¿Dónde has estado?

Ella entró del todo y cerró la puerta.

—Lo siento. Tenía cosas que hacer —dejó las bolsas que llevaba en el suelo y fue hacia él—. ¿Cuándo te dejaron levantarte?

—No me dejaron hacer nada. Me levanté y ya está.

—¿Y es buena idea?

—Sigo respirando.

Lexi estuvo a punto de contestarle con algo muy sarcástico, pero entonces se lo pensó mejor. Se quitó la chaqueta, la puso sobre el respaldo de una silla y volvió a mirarle. Él llevaba un albornoz blanco, pero nada más, según podía ver... Aún tenía el pelo mojado y la barba de medio día que tenía el día anterior ya no estaba. Su cara había tomado un poco de color. Sus ojos parecían concentrados, fijos en la pantalla... De alguna manera, el hombre que tenía delante le recordó a aquel otro con el que se había casado más de tres años antes, frío y profesional. Las palabras podían convertirse en armas letales.

–Bueno, por lo menos hueles bien –le dijo en un tono ligero, decidida a no responder a la provocación.

Los ojos de Franco emitieron un destello fugaz. Con una sola mano, pues las vendas del hombro derecho le impedían usar la otra, siguió tecleando con una eficiencia impresionante.

–Esta mañana saliste del hotel en taxi a las nueve. De eso hace tres horas... ¿Es que has olvidado cómo se pone una falda?

Lexi parpadeó y se miró las piernas. Todavía llevaba esos leggings negros y los botines. Los pies le dolían... Hacía demasiado calor para llevar ese calzado.

–¿Qué clase de falda quieres que me ponga? –le preguntó con inocencia–. ¿Corta y apretada? ¿Suelta y sexy? ¿Larga y vaporosa? –volvió a por las bolsas y las tiró a los pies de Franco. Se agachó y empezó a buscar–. He comprado de los tres tipos, porque no sabía cuál sería de tu gusto, y también compré un par de vestidos, más que nada porque me encantaron –sacó las prendas una a una mientras las enumeraba y se las echó todas encima del ordenador–. Cuando llegué me di cuenta de que no traía nada apropiado, como hice la maleta a toda prisa... Quiero decir... ¿Qué puede hacer una chica con un solo par de vaqueros, ninguna camiseta, ni ropa interior, ni tampoco zapatos?

Franco atrapó los zapatos en el aire, antes de que aterrizaran sobre el teclado. Sus dedos grandes se cerraron alrededor de las sandalias planas de tiras.

–Oh, y esto –Lexi metió la mano hasta el fondo de la bolsa y sacó unos cuantos cosméticos y un cepillo.

–No lo hagas –le advirtió él suavemente, al ver que también tenía intención de echarlos sobre el ordenador.

–Muy bien. Ya veo que las necesidades femeninas no te impresionan. ¿Y esto? –sacó un conejito de peluche gris con grandes orejas. Se lo puso suavemente contra el pecho–. Un regalito para ti –le dijo con dulzura.

Franco bajó la vista y contempló un momento el juguete. Poco a poco una sonrisa se dibujó en sus labios. Finalmente la miró.

–Pensaba que habías salido huyendo de nuevo.

Lexi tardó un par de segundos en darse cuenta de lo que le estaba diciendo. Tres años antes, había salido huyendo rumbo a Inglaterra sin dejarle ni una nota siquiera. Había salido de ese mismo hospital, se había subido a un taxi y se había marchado sin más.

–No –le dijo, intentando mantener la conversación en un tono ligero–. Me fui de compras –señaló el conejito–. Bueno, dile «hola» por lo menos.

Sin decir ni una palabra, él le entregó las sandalias, agarró el conejito y lo miró un momento.

–Lleva una pajarita rosa.

–Es que no tenían en azul.

–¿Tiene nombre?

–Sí. William –dijo Lexi con decisión–. William Wabbit, porque el joven dependiente de la tienda no era capaz de pronunciar la «r» y su *wabbit* sonaba muy bien.

–«Rabbit» en italiano es *coniglio*.

–Ah, sí, pero el chaval estaba intentando enseñarme su mejor inglés, para impresionarme.

–¿Estaba coqueteando contigo?

–Claro que sí –Lexi volvió a meter los zapatos en la bolsa–. Era italiano.

Franco le agarró la mano de repente. Al mirarle a los ojos, Lexi supo lo que estaba por venir y trató de soltarse. Pero para entonces él ya estaba tirando de ella, echándola hacia delante. Un segundo más tarde la estaba besando. Una ola de calor invadió sus sentidos. El tacto de sus labios unidos era tan natural que era muy difícil resistirse... Pero Lexi lo consiguió. Se apartó bruscamente.

–*Grazie*... Por el «*wabbit*».

–De nada –dijo Lexi, mirando el muñeco, y entonces siguió guardando las compras.

–¿Cómo sabías que salí a las nueve? –le preguntó, sintiendo curiosidad.

–Pietro llegó para recogerte cinco minutos después.

Agarró su teléfono móvil y se lo dio a Lexi.

–Guárdame tu número.

–¿Para que puedas tenerme controlada?

–Es una herramienta de comunicación, no un dispositivo de rastreo.

Haciendo una mueca, Lexi tomó el móvil en la mano e hizo lo que le pedía sin decir nada más.

Franco quería leerle la mente, saber qué estaba pensando... Ese muñeco que le había regalado podía significar algo... Aquel verano que habían pasado juntos, ella solía darle toda clase de regalitos, como el camello de plástico sobre un pedestal que giraba cuando se apretaba un botón, o los tres patitos de goma que le había echado en la bañera... Y esas ranas de distintos tamaños que le había puesto en la estantería encima de la cama... Cada noche se empeñaba en besarlas a todas, convencida de que alguna se transformaría en su Príncipe Azul.

Nunca había conocido a nadie como ella, niña y mujer al mismo tiempo. Y había confiado tanto en él que se lo había dado todo. Le robaba la ropa, usaba su cepillo de dientes y tiraba por la borda del *Miranda* a sus amigos sin preguntar... Cuando salían de fiesta, le ignoraba por completo y se perdía entre la multitud febril, riendo, flirteando... Pero cuando se cansaba de bailar le buscaba y le apartaba, se lo llevaba sin una disculpa, sin siquiera despedirse de la gente...

Jamás se le había ocurrido pensar que él pudiera cansarse de ella. Le había amado sin reservas y había creído ciegamente que él también la amaba. Y cuando todo se había estropeado, se había quedado a la deriva en un mar de desilusión que pronto se convertiría en resentimiento... De la noche a la mañana se había convertido en una extraña trágicamente perdida...

Agarró el conejito y lo miró un momento, haciendo una mueca. Ella se incorporó con las bolsas y fue hacia la cama. Volcó todas las prendas para doblarlas de nuevo. Franco recorrió sus piernas esbeltas con la mirada y se preguntó por qué había criticado su ropa. Esos leggings negros le recordaban cómo era tener sus piernas enroscadas alrededor de la cintura...

De repente empezó a sonar un teléfono. Franco bajó la vista, pero no era el suyo. Lexi se estiró por encima de la cama y agarró el bolso de mano. Pescó el móvil a toda prisa y frunció el ceño al mirar la pantalla.

—Lo siento, pero tengo que contestar —murmuró y salió de la habitación.

Franco oyó un murmullo.

—Hola, Bruce —la oyó decir justo antes de que se cerrara la puerta.

Alejó la mesa y se puso en pie con brusquedad; tanto así que no pudo evitar hacer una mueca de dolor. Masculló un juramento y fue hacia la ventana. Livorno rutilaba bajo el inclemente sol de mediodía. Podía ver la limusina de su padre, aparcada. Pietro estaba apoyado contra el capó, charlando con uno de los guardias de seguridad que su padre había contratado para impedir el acceso de la prensa. Más allá del perímetro del hospital, no obstante, había un pequeño grupo de paparazis armados con cámaras, merodeando cerca de las puertas.

Lexi no le había dicho nada de ellos. ¿La habrían acosado a su llegada? Seguramente estaban sedientos de noticias. Internet estaba lleno de información sobre el accidente y la trágica muerte de Marco. Como no conseguían muchos datos, los medios se habían dedicado a sacar cosas del pasado, como su precipitado matrimonio con Lexi y la consecuente ruptura.

Incluso habían llegado a publicar unas declaraciones de Bruce Dayton acompañadas de una foto en la que aparecía tan impecable y estirado como siempre, parado delante de su empresa.

–*Lexi Hamilton está muy afectada por la muerte de Marco y ha ido a darle todo su apoyo a su marido en un momento tan difícil. Eso es todo lo que tengo que decir. Gracias.*

No había ninguna declaración de Lexi en Internet, no obstante. Era evidente que no quería hablar con la prensa.

Dayton, en cambio, había hablado con el logo de su empresa al lado. Nada como un poco de publicidad gratis... Y el apellido de Lexi era Tolle...

¿Por qué la estaba llamando? ¿Acaso temía perderla de nuevo? ¿Perder el control?

Cuando Lexi había salido huyendo de Italia, se había ido directamente a buscar a Bruce Dayton... A Franco le hervía la sangre cada vez que recordaba que aquel bastardo había conseguido llevársela a la cama. ¿Todavía eran amantes?

Agarró el móvil y llamó a Pietro. Desde la ventana, le vio contestar. Cinco minutos después, cojeó hasta el armario y abrió la puerta como pudo.

Lexi, mientras tanto, andaba por el pasillo de un lado a otro, lejos de oídos indiscretos.

–Por favor, Bruce, escúchame...

–No tienes pensado volver al trabajo, ¿no? –le preguntó él en un tono hosco.

–Yo no he dicho eso –le dijo, negando con la cabeza–. Pero sí que creo que es hora de poner un poco de espacio entre nosotros. Tú mismo dijiste que tengo que pensar bien qué rumbo está tomando mi vida.

–Ahora mismo, Lexi, veo que vas directa hacia otro bache.

–Tú y yo... estábamos acercándonos demasiado, pero no está bien.

–Explícame eso –masculló Bruce–. ¿Me estás diciendo que no sientes nada por mí?

–Me importas mucho, pero...

–Todavía sigues enamorada de ese cerdo italiano –le espetó Bruce–. ¿Se te ha ocurrido pensar que se está aprovechando de ti, dándote pena para que sigas a su lado? Patético.

–Esta conversación no tiene nada que ver con Franco –apuntó Lexi.

–Claro que tiene que ver con él. No tiene más que mover un dedo y vas corriendo a su lado.

–No. Se trata de que tú me has abierto los ojos y he podido ver la clase de relación que está surgiendo entre nosotros. Y creo que siempre he sabido que no iba a funcionar –dijo Lexi, insistiendo, aunque supiera que le iba a doler–. Tú también te has dado cuenta, Bruce –le recordó suavemente–. Lo vi en la expresión de tu cara. Y lo oí en tu voz. Has sido el mejor amigo para mí, el mejor. Pero en algún momento los sentimientos que teníamos el uno por el otro se han vuelto confusos.

–Gracias, Lexi, por pensar que soy un completo idiota y decírmelo.

Ella agarró el teléfono con más fuerza.

–No quería decir eso...

–Bien. Porque no soy yo quien está confundido acerca de mis sentimientos. Puedo entender que necesites más tiempo para tomar una decisión acerca de nosotros, pero lo que no puedo soportar es que lo hagas mientras sigues saliendo con él. Es veneno para ti, Lexi. Siempre lo fue y siempre lo será. Tienes hasta después del funeral, y después será mejor que vuelvas aquí rápido, o iré a por ti. ¡Porque no pienso rendirme!

Le colgó el teléfono.

Lexi se inclinó contra la pared y cerró los ojos. Debería haberse ocupado de ese problema mucho antes. Debería haberse ocupado de ello meses antes. Dilatando la resolución del problema, lo único que había hecho había sido darle la razón, darle todo el derecho a estar enfadado con ella. El problema era que no le gustaba hacerle daño a la gente. Sabía lo que sentía, porque le habían hecho daño muchas veces. Y lo peor era que Bruce no era su enemigo. Franco, en cambio, sí lo era, aunque solo fuera por lo que podía hacerla sentir.

Regresó a la habitación, pero él no estaba allí. Miró hacia la puerta del cuarto de baño y respiró hondo. Fue hacia la cama y siguió ordenando la ropa. Por lo menos tenía unos minutos para reponerse de su conversación con Bruce. La puerta del cuarto de baño se abrió de repente. Lexi se dio la vuelta y casi se cayó sobre la cama. Franco, vestido para salir, atravesó el umbral. Nunca se había acostumbrado a verle así. Era como si alguien le hubiera clavado un cable de alta tensión en el pecho. Un cosquilleo casi doloroso la recorría de pies a cabeza.

Él llevaba un traje oscuro, de la mejor calidad. El tejido se le ceñía a los músculos, realzando todos sus contornos masculinos.

—No puedes vestirte —le dijo, con voz temblorosa—. ¿Por qué te has vestido?

Lexi logró apartar la vista de él a duras penas. El hombre que tenía ante sus ojos ya no era tierno e indefenso... Franco había vuelto a ser ese hombre frío e inflexible que le había hecho la vida un infierno tres años antes; un extraño distante y déspota... Lexi se abrazó, estremeciéndose bajo su mirada.

—Nos vamos —le dijo él. Se dirigió hacia la mesa, exhibiendo una cojera ligera, y cerró el portátil. Después agarró el teléfono.

—No... no lo entiendo —Lexi miró hacia el timbre que colgaba sobre las almohadas y se preguntó si debía llamar a alguien antes de que pudiera hacerse daño.

—Es muy sencillo. Ya me han desenchufado. Me han quitado la medicación. Y quiero salir de este sitio lo antes posible.

—¿Me estás diciendo que te han dado el alta?

Franco le lanzó una mirada siniestra y burlona.

—¿Quiénes?

—Los... —Lexi gesticuló—. Los médicos y... Quien sea. No puedes irte así como así porque te apetezca, Franco. Podrías tener algo serio y...

—Tú lo hiciste.

Lexi se calló a mitad de la frase.

—¿Perdón?

—Te marchaste sin que te dieran el alta, tal y como acabas de decir —Franco se guardó el teléfono en el bolsillo, recogió el conejo de peluche y fue hacia ella—. En realidad, saliste corriendo.

Lexi, que miraba sus piernas con atención, en busca de alguna cojera que indicara lo mucho que le dolía, no tuvo más remedio que levantar la cabeza. De repente fue como si todo su mundo se hubiera puesto patas arriba... Tuvo que levantar la vista... Más y más... hasta llegar a los duros rasgos de su rostro masculino.

Lexi sintió que la respiración se le paraba. Había pasado tanto tiempo desde la última vez que se habían mirado así, cara a cara, frente a frente, de puntillas.

—Y ni siquiera te estoy tocando —dijo él de pronto—. Y sin embargo...

Lexi se sonrojó y sus pupilas se dilataron hasta tapar por completo el azul del iris.

–Este efecto que ejercemos el uno sobre el otro es un afrodisiaco muy potente, *cara.* ¿Quieres saber lo que me haces?

Lexi bajó la mirada. Tenía que liberarse de ese influjo abrumador. Se sentía mareada. Pequeños músculos de su cuerpo se contraían una y otra vez, produciendo una pulsación continua.

–No... No tienes motivos para salir huyendo –por suerte, Lexi consiguió hacer funcionar la única neurona espabilada que le quedaba en ese momento.

–¿Pero tú sí?

Lexi apretó los labios. Parecían hinchados, adoloridos. Asintió con la cabeza.

–Y volveré a hacerlo, si no dejas de lanzarme esas indirectas.

Él esbozó una sonrisa maliciosa.

–Qué bueno saber que aún estoy en forma, *amore.*

–¿Tú y cuántos más? –Lexi descruzó los brazos y cerró los puños–. Tú...

–Ahórrame los números.

Dándole la espalda con brusquedad, Franco metió el conejito de peluche en una de las bolsas. En cuanto él se distrajo un momento, ella agarró el timbre y apretó el botón con insistencia. Pero él se volvió rápidamente.

Lexi soltó el interruptor como si quemara. Franco la traspasó con la mirada, pero ella levantó la barbilla con un gesto desafiante. Sorprendentemente, él echó atrás la cabeza y se rio a carcajadas.

–¡Así que tú también crees que me he vuelto loco!

–No vas a irte de aquí sin que te den el alta.

–Pietro llegará dentro de cinco minutos. Le mandé a tu hotel para que pagara y recogiera tus cosas.

La puerta se abrió antes de que Lexi pudiera reaccionar. El doctor Cavellí entró en la habitación. Al ver a su paciente, vestido y en pie, se detuvo en seco.

Franco se volvió y cruzó la habitación, tan impasible y desenfadado como siempre.

—Gracias —dijo, con una sonrisa en los labios, extendiéndole la mano al médico—. Por el cuidado y las atenciones que me han dado, tanto usted como el resto del personal. Pero ya es hora de que me vaya.

Perplejo, el médico había seguido a Franco con la mirada de un lado a otro.

—No sé si... —dijo, mirando la mano que Franco le extendía.

—Ya no estoy tomando medicinas y me siento mucho mejor —señaló Franco en un tono suave.

El médico miró a Lexi con incertidumbre. Esta se encogió de hombros.

—No hay motivos médicos para retenerle aquí, *signor* —dijo el doctor Cavelli—. Sin embargo, tendrá que cuidar muy bien esos hematomas durante las próximas dos semanas. El riesgo de trombos no ha disminuido. Y va a necesitar que le cambien las vendas de la herida del muslo.

—Alexia y yo estaremos pendientes de los coágulos —le aseguró Franco, sin atreverse a mirar a Lexi—. Y yo mismo puedo cambiarme las vendas.

El médico volvió a mirar a Lexi, como si estuviera esperando a que ella corroborara lo que él acababa de decir. Lexi abrió la boca con la intención de negarse a todo, pero entonces le miró, vio la tensión que contraía su hermoso rostro... Recordó a Marco, sintió un dolor profundo y entonces asintió con la cabeza. Pietro llegó poco después. Franco le ordenó que recogiera su bolsa en el cuarto de baño.

Casi se cayó al entrar en la parte de atrás de la limusina de su padre. Debía de ser duro fingir estar hecho un roble... Lexi estaba a su lado, y le observaba con atención, examinando su rostro pálido, sus ojos cerrados. Tenía una mano sobre el pecho, por dentro de la chaqueta, como si sujetara algo. Podía ver los orificios de las vías en el dorso de su mano, y los cardenales alrededor. Pero lo que más le preocupaba era su respiración, demasiado débil.

–Te estaría bien empleado si tuvieras una recaída ahora, Franco, ¡con tanta estupidez y mentiras! –le espetó, dejándose llevar por la ansiedad.

–Esa clase de estupidez se la dejé a Marco –le dijo Franco, en un tono tajante.

Capítulo 5

LEXI se giró y le miró fijamente.

–¿Ma... Marco?

–Pietro, los paparazis. ¿Nos están siguiendo?

Había vuelto a hacerlo. Había obviado el tema de la muerte de Marco.

–Sí –contestó el chófer–. Nos pisan los talones como locos. ¿Quiere que los pierda de vista?

–¿Puedes hacerlo?

–Ah, sí, por supuesto.

–¿Qué paparazis? –Lexi se volvió para mirar por la ventanilla trasera al tiempo que Pietro daba un golpe de volante hacia la izquierda.

–Te han estado siguiendo desde que llegaste a Livorno –le dijo Franco, intentando soportar el dolor lacerante que le había provocado ese movimiento tan brusco.

–Oh... Cuando dejé de actuar dejé de estar pendiente de ellos.

–¿Por qué lo dejaste? –le preguntó Franco, volviéndose hacia ella–. Se suponía que te esperaba una rutilante carrera en Hollywood después de dejarme.

–La interpretación nunca fue mi sueño –le dijo, encogiéndose de hombros. Era mejor ignorar la última parte de la frase–. Era el sueño de mi madre. Empecé con lo de las películas por casualidad. Estaba entreteniéndome con un guion durante uno de los castings de mi madre. Alguien me oyó, me llevó hasta el plató y me hizo repetir lo que estaba diciendo. Lo hice. Me dieron el papel.

–Nunca me lo habías contado.

–Nunca me lo habías preguntado. ¿Por qué me miras así, con esos ojos siniestros?

–No son siniestros. ¿Cuál era tu sueño entonces?

Lexi no contestó. Su sueño siempre había sido demasiado sencillo como para que un hombre como Franco pudiera entenderlo. Una casa con jardín, niños, un marido que trabajara de nueve a cinco y luego volviera a casa con su familia cada noche... Crecer en un apartamento en la ciudad con una madre soltera que trabajaba a horas raras significaba tener que criarse sola. Y eso había tenido que hacer ella. Su jardín, su patio de juego, había sido el plató de una película o el camerino de su madre.

–Mi madre quería que yo fuera pianista –dijo Franco, levantando las manos y observando sus propios dedos–. Yo solo quería trastear con los barcos y los motores.

Pero todavía tocaba el piano, mejor que muchos... Lexi podía dar fe de ello. Podía mantener en vilo a todo Monfalcone con una pieza clásica o animar una fiesta con el mejor popurrí de pop, jazz y rock... con esos mismos dedos capaces de desmontar un motor de barco con tanto cuidado y dedicación.

–Era hermosa... tu madre... –murmuró Lexi, recordando el cuadro que estaba en el gran salón de Monfalcone.

–Y la tuya también –Franco bajó las manos y la miró a los ojos. Ese dolor que se asemejaba tanto al entendimiento mutuo cayó como un peso sobre su corazón–. Siento no haberla conocido nunca.

Y Lexi también lo sentía. De haberle conocido, Grace se hubiera enamorado de Franco, italiano, alto y encantador. Isabella Tolle, por el contrario, no hubiera congeniado mucho con ella. Una mujer de alcurnia, nacida en una cuna de oro, jamás hubiera querido que su único hijo se casara a toda prisa con una estrella fugaz adolescente que se había propuesto atraparle en sus redes... No. Lexi detuvo ese pensamiento de golpe. Ella nunca se había propuesto atraparle en sus redes; simplemente lo había hecho, le había atrapado, y luego se había odiado a sí misma por ello.

—¿Vamos al apartamento o a Monfalcone?

La pregunta de Franco la devolvió a la realidad. Lexi parpadeó y le miró.

—Monfalcone —le dijo, recordando lo que su padre le había dicho esa misma mañana.

Ojalá no hubiera accedido a esa parte del trato... Los recuerdos que tenía de esa casa no eran nada buenos.

—Nos vamos a casa, Pietro.

—Ah, sí, sí —el conductor sonrió y asintió con la cabeza—. Eso es bueno, *signor*. Muy bueno...

—Al menos hay una persona que aprueba lo nuestro, *bella mia*.

Lexi se movió en el asiento, inquieta. No sabía muy bien si le gustaba o no esa mirada enigmática de Franco. Le ponía la carne de gallina... Sabía que se estaba perdiendo algo importante...

—Eso de «lo nuestro» no existe —tenía que decirlo, por si acaso.

—¿Y entonces qué somos?

Lexi abrió la boca para contestar y volvió a cerrarla de inmediato. No tenía respuesta. Sacudió la cabeza y se volvió hacia la ventanilla, dejando la pregunta en el aire... Franco la miró durante unos segundos y entonces sintió un dolor agudo en su interior.

—¿Qué quería Dayton?

Franco y Bruce nunca se habían llevado bien.

—Trabajo para él.

–Ya lo sé.

¿Lo sabía?

Lexi se sorprendió. Pensaba que la había sacado de su vida completamente, tal y como estaba haciendo con Marco en ese momento. Otra cosa mala que había borrado de su vida.

–Bueno, entonces... Tú también eres empresario y ya sabes cómo funciona. No me hagas preguntas estúpidas –Lexi reaccionó con brusquedad, apartándose. No quería hablar con él de Bruce porque... Ella le era fiel a las personas que quería y en ese momento quería más a Bruce que a...

Lexi se movió en el asiento como si estuviera tratando de ahuyentar un pensamiento que la asustaba mucho.

El viaje en coche prosiguió. Los dos guardaban silencio. Lexi se recostó en su asiento y se dedicó a mirar las vistas por la ventanilla, de cristales tintados para paliar los rayos de sol. Esa parte de Italia tenía que ser una de las zonas más hermosas de todo el país. El sol de mediodía lo teñía todo de dorado, y la elegancia de los cipreses decoraba kilómetros y kilómetros del paisaje más variado. Se volvió hacia Franco y descubrió que se había quedado dormido. Ni siquiera en sueños parecía tranquilo... La tensión contraía sus bellos rasgos. Tenía una mano por dentro de la chaqueta, justo sobre las costillas rotas... Y con la otra mano se tocaba el muslo, donde tenía esa herida tan horrible. A lo mejor deberían haberse ido a su apartamento en lugar de viajar hasta Monfalcone. A lo mejor no debería haberle dejado salir del hospital...

–Ya no falta mucho, *signora*.

La tranquilidad de la voz de Pietro hizo volverse a Lexi hacia el espejo retrovisor.

Asintió con la cabeza.

–¿Los medios? –susurró.

–Se rindieron en cuanto vieron que íbamos a Monfalcone.

Un rato más tarde, como si supiera que ya se estaban acercando, Franco abrió los ojos justo en el momento en que iban a cruzar el estrecho puente que pasaba por encima del río. Lexi le vio hacer una mueca al tiempo que intentaba cambiar de postura.

–¿Todo bien? –le preguntó.

–Sí –dijo él, pero en realidad no lo estaba. Su sonrisa seca y tensa la hizo sentirse extrañamente culpable.

Tras atravesar el puente se dirigieron hacia un camino asfaltado que zigzagueaba sobre la orografía del terreno, flanqueado por dos hileras de cipreses. A medida que el coche avanzaba por el camino, la luz del sol se colaba a intervalos entre los árboles, produciendo un efecto casi hipnótico y peligroso para los conductores.

Lexi lo sabía muy bien. Una vez había terminado desviándose de la senda y precipitándose a una acequia situada al otro lado de los árboles. Había estado a punto de impactar contra un árbol, pero había tenido suerte... Francesco se había puesto furioso, no obstante. La había llamado «estúpida y temeraria», sacándola del coche aplastado como si quisiera matarla él mismo.

–¿Querías matarte tú o querías matar al bebé?

Lexi se estremeció al oír el eco iracundo de su voz como si estuviera ocurriendo en ese momento preciso. Había llorado hasta el agotamiento allí mismo. Él la había estrechado entre sus brazos y la había dejado llorar y llorar...

–No sé qué decirte.

Aquel tono de voz, profundo y prudente, la hizo volverse hacia él. Él miraba por la otra ventanilla, pero cuando ella volvió la cabeza él también lo hizo, y entonces quedó atrapada en la oscuridad de su mirada. A través de los destellos intermitentes que iluminaban su rostro, Lexi pudo ver el mismo recuerdo en su semblante.

–Estaba fuera de control –le confesó. Era la primera vez que lograba aceptarlo–. Me propuse hacerte la vida imposible, y lo conseguí.

–Lo dices como si yo fuera un santo –dijo él, esbozando una sonrisa amarga–. Estaba agobiada con muchas cosas. Embarazada. Acababas de perder a tu madre.

Y en lo más profundo de su ser, sabía que debía dejarle, pero se había aferrado a él, aunque ya le odiara por aquel entonces. Lexi bajó la vista y se miró las manos, entrelazadas sobre su regazo. Sintió un temblor en los labios. Sí. Estaba fuera de control... mucho antes de estrellar el coche.

Habían volado a Italia justo después del entierro de su madre. Franco se había ocupado de todo, aunque Bruce hubiera insistido en responsabilizarse de todos los trámites y preparativos. En mitad de una discusión entre ambos, Lexi le había dicho que estaba embarazada. Bruce había reaccionado dándole un puñetazo a Franco, pero él, sorprendentemente, no se lo había devuelto. Se había quedado mudo, perplejo...

Pero Lexi no se había dado cuenta de eso hasta mucho después.

–Me precipité demasiado contigo, empeñado en hacer lo correcto, y te obligué a casarte cuando lo que realmente necesitabas era estar sola y llorar por tu madre.

Grace... Después de toda una vida soñando con la fama, la noticia de su muerte apenas había recibido cobertura en los medios, mientras que la apresurada boda de su hija con Francesco Tolle había aparecido en todos los titulares. Él tenía razón. No había tenido tiempo de llorar la pérdida... Se había visto inmersa en los preparativos de una boda sin saber muy bien lo que estaba ocurriendo. Pero en Monfalcone nadie había oído hablar de Grace Hamilton. Para ellos Lexi no era más que una extraña a la que trataban con frialdad porque creían que le había arruinado la vida a Franco.

San Remo... El lugar que había puesto punto y final a aquel verano de locura, dando paso a un invierno infernal.

El coche aminoró de nuevo. Los cipreses dieron paso a unos setos perfectamente cuidados que protegían la casa de miradas curiosas. A medida que se acercaban se abría el enorme portón de hierro decorado con el escudo Monfalcone y más allá se divisaba un glorioso jardín que parecía sacado de una película; con fuentes, estatuas cubiertas de liquen, caminos de ensueño...

Detrás estaba Monfalcone... En otra época había un foso con un puente retráctil que conducía a un patio interior. Al atravesar el arco de la entrada principal, el aire abrasador se enfrió de repente, como si acabaran de encender el aire acondicionado. Lexi se estremeció. La carne se le puso de gallina. Y entonces volvieron a salir al patio soleado, rodeado de terrazas que abarcaban los cuatro lados de la mansión.

En cuanto el coche se detuvo, Franco abrió la puerta y trató de salir. Un sonido gutural llamó la atención de Lexi.

—Espera, voy a ayudarte —dijo ella, saliendo del coche al mismo tiempo que Pietro.

Rodeó la parte de atrás de la limusina a toda carrera, pero Franco ya había bajado. Estaba parado junto al vehículo, mirando hacia arriba, como si quisiera dejarse bañar por la luz del sol. Lexi se detuvo en seco, contuvo el aliento. Parecía mucho más alto, más joven, arrebatadoramente guapo, pero vulnerable... Enseguida supo lo que estaba haciendo... Seguramente había creído que nunca volvería a pisar ese suelo, que nunca volvería a ver su casa... De repente, todas las cosas raras que Franco había estado haciendo desde el accidente cobraron un sentido dolorosamente real durante ese momento de homenaje en silencio.

Las puertas se abrieron y Zeta apareció ante ellos. Era una mujer pequeña y rolliza, con el pelo canoso y recogido en un moño. Parecía muy nerviosa.

–Pero mírate –le dijo a Franco directamente–. No deberías caminar, y no deberías haber salido del hospital. ¿Es que te has vuelto loco o algo así?

–*Buongiorno,* Zeta –respondió Franco–. Yo también me alegro de verte.

Zeta soltó el aliento y levantó los brazos, haciendo un gesto de impotencia.

–Si a tu padre le quedara algo de sentido común después de que tú se lo quitarás todo, habría...

–¿Crees que podré entrar en mi casa sin que me despellejen?

El ama de llaves se echó a un lado. Tanto Pietro como Lexi quisieron ayudar a Franco.

–Puedo hacerlo yo solo –masculló él.

Todos se quedaron quietos y le observaron. Franco atravesó el umbral sin hacer el menor gesto de dolor. Lexi se mordió la lengua. Hubiera querido gritarle cualquier cosa ante semejante espectáculo de orgullo y obstinación masculinos, pero él ya estaba subiendo las escaleras.

Y lo consiguió sin problemas. Consiguió llegar al rellano superior y entonces se detuvo un instante.

–Supongo que estás orgulloso por lo que has hecho –dijo Lexi, incapaz de aguantar más–. ¡Pues yo no!

Él se volvió y la miró desde lo alto de la escalinata.

–Muy orgulloso –admitió y entonces esbozó una de sus sonrisas más maliciosas–. Bueno, ya puedes subir y ayudarme a quitarme este traje tan incómodo.

Arrogante...

Lexi levantó la barbilla y se volvió hacia Pietro.

–O va usted a ayudarle, Pietro, o subo yo y le mato –le dijo, echando chispas.

Por desgracia Lexi se dio cuenta de su error demasiado tarde. A la pobre Zeta acababa de cambiarle la cara... Sin duda debía de estar recordando todos esos años de estruendosas broncas y gritos...

Pietro, por el contrario, se limitó a darle un beso en la mejilla a su esposa y entonces recogió el equipaje del suelo.

–Voy a poner sus cosas en su antigua habitación, señora –le dijo a Lexi y se dirigió hacia las escaleras.

Lexi no tuvo más remedio que quedarse con Zeta, que ya empezaba a tener cara de pocos amigos... Tres años antes, Lexi se hubiera defendido con una mirada desafiante, pero las cosas habían cambiado mucho. Dejó escapar un suspiro.

–Sabía que estaba yendo demasiado lejos cuando dijo lo que dijo, pero aun así lo dijo –apuntó, intentando justificar su propio arranque impulsivo–. Y me dio un susto tremendo... Hola, Zeta –dijo finalmente y le tendió la mano, con la esperanza de poder dejar atrás las hostilidades del pasado.

Unos segundos más tarde, Zeta asintió con la cabeza y le estrechó la mano. No iban a ser las mejores amigas de la noche a la mañana, pero era un comienzo.

¿Un comienzo de qué?... La pregunta la hizo contener la respiración.

Tenía que averiguar cuanto antes qué estaba haciendo allí porque... daba la sensación de que se estaba convirtiendo en algo permanente y eso era peligroso...

–¿Qué está haciendo? –preguntó Franco al tiempo que Pietro le ayudaba a quitarse la chaqueta.

–Me parece que amenazó con matarle.

Franco esbozó una sonrisa que no tardó en desaparecer.

–Esta vez hay que hacerla sentir bienvenida, Pietro... Es muy importante para mí.

–Lo sé, señor –Pietro le ayudó a desabrocharse la camisa, pero Franco insistió en hacerlo él mismo.

Le dolía todo el cuerpo, y todo lo que quería hacer era tumbarse en la cama. Incluso quitarse los zapatos se había convertido en toda una agonía. ¿Cómo había podido ponérselos en el hospital?

–Ya sigo yo –se apartó de Pietro–. Ve a ver si mi esposa...

«Mi esposa...».

Aquel posesivo sonaba tan extraño en sus labios después de tanto tiempo... No solía llamarla así... Ni siquiera cuando estaban juntos. Nunca pensaba en ella de esa manera.

–Por favor, averigua si ha comido hoy –dijo, frunciendo el ceño. No quería usar el término de nuevo, porque sabía que no tenía derecho a usarlo, todavía no.

–¿Y usted ha comido ya? –preguntó Pietro.

–Sí –le dijo Franco, aunque no fuera verdad.

No quería verse obligado a responder a más preguntas, ni tampoco quería que Zeta fuera a poner la cocina patas arriba para prepararle todos sus platos favoritos... como solía hacer cuando era niño y estaba enfermo.

–Si le dices a Lexi... No –cambió de idea. Sonrió con malicia–. Pídele que venga a verme cuando se haya acomodado.

Pietro asintió con la cabeza y se marchó, no sin reticencia. En cuanto la puerta se cerró Franco desistió de quitarse la camisa y se tumbó en la cama con cuidado. Se quedaría allí durante un par de minutos y entonces...

Las drogas, aún en su organismo, y el agotamiento

de después del viaje le robaron la consciencia en un abrir y cerrar de ojos.

Mientras tanto, Lexi se dio una ducha y se puso uno de esos vestidos nuevos, más acordes al clima veraniego de Italia. Poco después apareció Zeta con un té y unas pastas, los cuales disfrutó como si no hubiera comido en días.

Más de una hora después salió de la suite que le habían dado tantos años antes, situada al otro lado de la casa, lo más lejos posible de Franco. Los amantes más apasionados se habían convertido en dos extraños...

Tras atravesar un largo entramado de corredores silenciosos, llegó a la puerta de Franco. Se dispuso a llamar, pero algo la hizo detenerse en seco. Era un ruido que parecía... un sollozo... Agarró el picaporte con fuerza y abrió de par en par, sin saber lo que iba a encontrarse al otro lado.

Franco estaba sentado en la cama, pero no estaba solo. Claudia Clemente, la preciosa hermana de Marco, estaba arrodillada a sus pies, entre sus muslos, abiertos... Le agarraba la cabeza con las manos, pintadas del rojo más intenso, y lloraba desconsoladamente sobre su pecho.

Lexi sintió que una mano de hielo le arrancaba el corazón. Claudia había sido la persona que le había mandado la prueba de aquella estúpida apuesta a su teléfono móvil muchos años antes. Y también era la mujer con la que Franco había pasado la noche mientras ella perdía a su bebé y lloraba en soledad...

Capítulo 6

LEXI hubiera querido dar media vuelta y no volver jamás, pero un aluvión de emociones le impedía moverse. Le dolía tanto que era como si esos tres años no hubieran pasado. Sintió ganas de ir hacia ellos... Se veía a sí misma apartando a Claudia Clemente de un tirón y dándole un puñetazo a Franco en esa boca manchada de pintalabios rojo. En ese momento no le importaba que ella fuera la hermana del difunto Marco...

¿Cómo había entrado en la habitación? ¿Zeta la había dejado entrar? ¿Pietro quizás? ¿Una de las empleadas del servicio?

De repente Franco levantó la vista y se la encontró allí parada, mirándole fijamente.

–Lexi...

Ella le vio sonrojarse. Culpa...

Le odiaba... a muerte.

Claudia levantó la mirada y volvió su hermosa cabeza. Era dos años mayor que ella. En otra época esos dos años le parecían una década... en cuanto a sofisticación y experiencia se refería. Sus ojos, dos gemas negro azabache, insondables y endrinos, le seguían pareciendo los más hermosos que jamás había visto. No se parecía en nada a su hermano, rubio, de ojos azules. Además, tampoco tenía el temperamento abierto y desenfadado del fallecido Marco. Claudia era una harpía taimada, calculadora, celosa y posesiva.

–Lexi... –susurró la joven, poniéndose en pie–. No esperaba verte aquí.

Lexi la creía. La sorpresa que se acababa de llevar era evidente.

–Hola, Claudia –dijo Lexi, manteniendo la vista fija en ella. Soltó el picaporte y bajó ambas manos.

«Camina hacia delante...», se dijo.

–Siento mucho lo de Marco.

Por lo menos eso era sincero. Fue hacia Claudia Clemente y la besó en las mejillas. Su perfume floral le secaba la garganta. Por el rabillo del ojo pudo ver a Franco, frunciendo el ceño cuando mencionó el nombre de Marco.

«Demasiado tarde para eso. Con Claudia delante no hay forma de evitar el tema...», pensó con frialdad.

–Oh, por favor, no digas su nombre –le suplicó Claudia. Sus fabulosos ojos volvieron a llenarse de lágrimas–. Creo que me voy a morir de pena.

Empezó a sollozar de nuevo y Lexi sintió una punzada de culpa por haberse tomado su dolor con escepticismo. Aunque fuera una víbora, no podía negar que siempre había querido mucho a su hermano.

Sacó una cajita de pañuelos de la mesita de noche y se la ofreció para que se secara las lágrimas.

–Tenía que venir –le explicó Claudia una vez recuperó la compostura–. Sabía que Franco estaría torturándose a sí mismo. Tenía que decirle que nadie lo culpa por lo ocurrido.

Franco había cerrado los ojos y cada vez estaba más pálido.

–Y mamá y papá necesitaban saber si podrían asistir al funeral de Marco el próximo martes.

–Estaremos allí –dijo Franco por fin, y entonces empezó a hablar en italiano a toda velocidad.

Claudia volvió a arrodillarse y le rodeó el cuello con los brazos.

Lexi fue hacia la ventana y se quedó allí hasta que Claudia se despidió. El silencio posterior a su marcha cayó sobre ellos como el filo de un hacha, separándolos, partiéndolos en dos.

Tres años era mucho tiempo para guardar resentimiento... Tenían que haber madurado mucho durante esos años...

Eso quería pensar Lexi, pero en lo más profundo no podía creer que la hermana de Marco hubiera cambiado mucho. Había visto esa misma actitud posesiva de siempre; la forma en que le había tocado, cómo le había besado en los labios antes de irse... El ambiente se había enrarecido y el silencio era atronador.

«¿Qué estoy haciendo aquí?». Una vez más volvió a hacerse la misma pregunta. Franco necesitaba a gente como Claudia a su alrededor; amigos, familia, amantes...

—¿Qué sucede, Lexi?

—¿Cómo ha entrado?

—Llegó hace unos minutos. No pude decirle que se fuera.

Lexi se volvió hacia él.

—¿De tu dormitorio?

—Estaba dormido —dijo Franco, pasándose una mano por el pelo—. Zeta me despertó para decirme que Claudia estaba aquí. Al parecer vino directamente desde el hospital cuando se enteró de que yo... de que nos habíamos ido.

—¿Hablaste con ella de Marco? —le preguntó Lexi, asintiendo con la cabeza.

Franco asintió, frotándose la cara con ambas manos.

—¿Qué hora es? —miró el reloj—. Me vendría bien beber algo. Tengo la boca acartonada. ¿Quieres algo? —le dijo, alcanzando el teléfono fijo que estaba junto a la cama.

–Si quieres, le digo a Claudia que vuelva y que se tome algo con nosotros.

–¿Qué pasa? –Franco frunció el ceño–. Entraste, te encontraste a Claudia en mi habitación... No es que yo esté en condiciones de seducir a la pobre chica. Siempre has estado celosa de ella.

–Marco me dijo...

–¡Marco ya no está aquí para decir nada! –Franco se puso en pie y trató de recuperar el equilibrio.

Tenía la camisa abierta y los pantalones por debajo de la cintura. Le habían quitado las vendas, y los moratones estaban casi negros. Incapaz de no seguir con la mirada la fina línea de vello que se perdía por dentro de la cintura de su pantalón, Lexi se imaginó esos dedos con las uñas pintadas de rojo... deslizándose sobre Franco...

–Marco me dijo una vez que probablemente terminarías casándote con Claudia. Él creía que estabais hechos el uno para el otro... que con dos temperamentos tan volátiles como los vuestros saltarían chispas de pasión... –dijo Lexi, en un tono irónico y dramático.

–¿Chispas de pasión? –dijo Franco con sequedad–. Yo no soy tan volátil. Tú eres la que eres volátil en esta relación.

–Voy a dar un paseo –Lexi tomó la decisión de forma impulsiva, pero nada más decirlo se dio cuenta de que no podía irse así como así.

–Pero ¿qué te pasa? –exclamó Franco en un tono de frustración.

Lexi salió por la puerta antes de que pudiera decir nada más.

–¿Va a salir, señora? –una de las empleadas del servicio estaba cruzando el pasillo en ese momento. Debía de recordarla de la última vez que había estado allí.

Lexi asintió con la cabeza.

–Necesito algo de aire fresco –murmuró y salió a toda prisa.

Una vez fuera, cruzó la logia que abarcaba toda la parte trasera de la casa y bajó a los jardines. Había varios caminos de gravilla que zigzagueaban de forma caprichosa alrededor de los canteros de flores. Todos llevaban a un pequeño lago, situado más allá de los árboles, que daban sombra al caminante y lo protegían de un sol de justicia. No sabía adónde se dirigía, pero el lago parecía seducirla. Por dentro se sentía como si la hubieran apagado de la misma forma en que se sopla y se apaga una llama.

Franco, parado junto a la ventana, la observaba desde el piso superior de la mansión... Verla escapar así le producía una extraña sensación de *déjà-vu*. Mascullando un juramento, miró a su alrededor y buscó el teléfono móvil. Marcó su teléfono y la llamó.

No lo tenía encima... Frustrado, salió y cruzó unos cuantos pasillos hasta llegar a la habitación de ella. Entró y se detuvo unos segundos para recuperar el aliento. Luego buscó su bolso y sacó el móvil. Regresó a su propia habitación y usó la línea fija de la casa para comunicarse con Zeta y darle instrucciones. Le dijo dónde dormiría su esposa esa noche y le pidió que mandara a una de las empleadas.

Lexi había encontrado un viejo banco de madera que estaba junto al lago. Se sentó y se dedicó a contemplar el resplandor del agua, tratando de calmar el maremágnum de sensaciones que la hacía bullir por dentro. Poco después apareció una empleada del servicio. Estaba sin aliento, como si hubiera corrido a toda prisa hasta allí.

–El señor Francesco me pidió que le trajera esto, señora –le explicó con voz entrecortada, entregándole su teléfono móvil.

El aparato sonó en cuanto la empleada dio media vuelta.

—¿Has enviado a alguien a mi habitación para que me registrara el bolso y sacara mi móvil? —le espetó ella a Franco, sin darle tiempo a saludar siquiera.

—Fui yo mismo a por él —le dijo él—. Y no empieces a echarme sermones sobre mi estado de salud y todo eso, porque ya sé muy bien que no debo andar por ahí. Pero ¿qué te pasa, Lexi? ¿Por qué te has ido así?

Lexi quería decírselo. De hecho se preguntaba por qué no se lo había dicho antes, tres años antes, cuando aún significaba algo... Pero entonces había salido corriendo también, temerosa de hacerle frente.

—El pasado me está pasando factura —murmuró, odiando esa voz atenazada por las lágrimas—. Y tú no me dejas hablar de ello.

—No empieces a llorar, *cara*. Tendré que ir a buscarte si sigues llorando. Sé que tenemos que hablar del pasado.

—¿Puedo hablar de Marco ahora?

—No.

—¿Y de lo tuyo con Claudia?

—No hay nada entre Claudia y yo —le dijo Franco con impaciencia—. O por lo menos no es la clase de relación que tú te crees.

Lexi observó a la pareja de cisnes blancos que solían andar por el lago, deslizándose suavemente sobre el agua.

—Te odio —susurró.

—No. No me odias. Te odias a ti misma porque todavía me quieres aunque no quieras hacerlo. Vuelve y hablaremos de ello.

Lexi sacudió la cabeza lentamente.

—Lo he visto.

–¿Desde dónde? –Lexi se puso en pie de golpe, se dio la vuelta, pero no vio nada.

–Desde la ventana de mi dormitorio.

Levantando la vista, Lexi recorrió la terraza superior con la mirada hasta dar con su ventana. Podía ver su oscura silueta detrás del cristal.

–Deberías estar tumbado o algo así.

–O algo así... Apiádate de mí. Me duele todo, y ahora mismo no me apetece nada volver al pasado, a ese día cuando desapareciste y yo me quedé pensando qué había hecho.

–Eres malo para mí, Franco –dijo Lexi, sacudiendo la cabeza una vez más–. Sé que ni siquiera debería estar aquí contigo y... Y no quiero volver a sentirme tan apegada a ti.

–*Madre de Dio* –exclamó él y empezó a hablar en italiano a toda velocidad–. ¡Quiero que vuelvas a estar apegada a mí! –dijo, volviendo al inglés–. ¿Por qué crees que te pedí que volvieras?

–No lo sé...

–Pero viniste.

–¿Tuviste ese accidente porque te había mandado esos papeles del divorcio?

Franco masculló toda una sarta de juramentos.

–No –dijo finalmente.

–Bueno, ¿entonces cómo fue?

Franco sintió un dolor opresivo en el pecho. Todavía no quería pensar en ello.

–Vuelve o iré a buscarte ahora mismo. De hecho, ya estoy yendo hacia la puerta.

Al verle desaparecer de la ventana, Lexi cortó la llamada y echó a correr a toda prisa.

En cuando entró en la habitación, no obstante, supo que la había engañado. Estaba sentado junto a la ventana, batallando con los gemelos de la camisa...

—Ayúdame —le dijo, impaciente.

Lexi cruzó la habitación y se agachó a su lado.

—¿Todavía no ves bien? —le preguntó, desabrochándole el gemelo.

—No —dijo él, molesto con ella. ¿Por qué tenía que ser tan perceptiva?—. ¿Por qué te fuiste así?

—No me gustan las reglas que has puesto por aquí —tras soltarle el primer gemelo, le levantó la otra muñeca de un tirón, la del lado donde tenía las lesiones.

Franco hizo una mueca de dolor.

—Si dejas entrar a Claudia, no veo por qué tienes que prohibirle la entrada al resto de familiares y amigos.

—Claudia es un caso especial. ¡Ah!

—Lo siento —dijo Lexi—. Entiendo que tenga que ser especial, pero... —el pelo la estaba molestando, así que se lo sujetó detrás de la oreja.

Él iba a hacer lo mismo, y sus dedos se encontraron de la forma más torpe. Como una completa idiota, Lexi levantó la vista y se encontró con su mirada, más intensa que nunca.

—Pero ¿qué? —dijo él.

Lexi hizo un esfuerzo por recordar lo que había estado a punto de decir.

—Tus reglas son irracionales e injustas. ¿O es que es conmigo con quien no quieres hablar del accidente y de Marco?

—Tengo que darme una ducha. ¿Vienes conmigo? —le preguntó, acariciándole el pelo detrás de la oreja con sutileza.

Lexi se estremeció. Una vez más se estaba yendo por la tangente, así que decidió ignorarle, para variar. Frunciendo el ceño, terminó de soltarle el otro gemelo y entonces suspiró. Se echó hacia atrás, alejándose de él.

Un error... Así le dio oportunidad de mirarla de arriba abajo.

–Deja de mirarme así –se incorporó y se apartó de él.

–¿Cómo?

–Como si tuvieras la fuerza de hacer lo que estás pensando.

–¿Crees que estoy demasiado débil para intentarlo?

Lexi fue a dejar los gemelos sobre la cómoda. Se dio la vuelta y se apoyó en el mueble.

–Dime por qué me has traído a Italia –le dijo, cruzando los brazos.

Al principio creyó que él no iba a contestar. El silencio se hizo pesado... Finalmente Franco soltó el aliento, se puso en pie y se quitó la camisa. En cuanto lo hizo Lexi empezó a sentirse indefensa, como si una amenaza se cerniera sobre ella. Pero ¿qué iba a hacerle? Podía pensar que estaba en condiciones de seducir a una mujer reticente, pero la realidad era muy distinta. Apenas podía mantenerse en pie.

–Tuve una epifanía.

Lexi parpadeó rápidamente, trató de aclararse la cabeza, y levantó la vista.

–¿Perdona?

–Una epifanía –repitió él, aguzando la mirada–. Sobre mi vida, y lo que quiero hacer con ella.

Una epifanía... Lexi se relamió los labios y bajó los brazos.

–¿Y qué te dijo la epifanía exactamente?

–Que ya es hora de recuperar a mi esposa. Es hora de dejar a un lado todo lo malo y de reencauzar nuestro matrimonio.

–Nunca ha estado encauzado.

–Bueno, pues entonces es buen momento para empezar a hacerlo –añadió, gesticulando con una mano.

–Quédate donde estás –le dijo Lexi al ver que iba hacia ella–. ¿Cuándo... cuándo tuviste esa epifanía?

–¿Importa? –dijo él, sin detenerse.

–Sí –Lexi se incorporó.

–Cuando acepté de una vez lo mal que me sentía sin ti.

–Te sentías peor conmigo –le recordó ella, sintiendo cómo se le clavaba la manivela de un cajón en la espalda al echarse hacia atrás.

–Lo sé. Es por eso por lo que le llamo «epifanía» –se detuvo a unos pocos centímetros de distancia–. Fue como un golpe súbito de intuición. Así supe que estaba mal contigo, pero aún peor sin ti –se encogió de hombros–. Es así de sencillo e incomprensible.

–Tú lo has dicho... ¿Tuviste otra de esas epifanías cuando abrazabas a Claudia contra tu pecho?

–Eso fue simpatía, compasión...

–Bueno, entonces muéstrame un poco de ella y échate atrás.

–¿Para que puedas salir huyendo?

–Sí. Ya sabes que no voy a obligarte a hacerlo estando así, todo magullado.

–Ah... Estás apelando a mi sentido del juego limpio, ¿no?

Lexi apretó los labios y asintió con la cabeza.

–Mírame. A los ojos –dijo, señalando sus propios ojos con una mano–. Cara a cara, *cara*. Y te juro que me echo atrás.

Lexi soltó el aliento con exasperación y levantó la barbilla.

Él se atrevió a sonreír, con los labios y con la mirada. Ese tierno sentido del humor se clavó en el corazón de Lexi como una flecha en llamas.

–Ojalá no fueras tan guapo –le dijo con tristeza–. ¿Por qué no tienes la nariz más grande o algo así? Una boca horrible...

–Sabes que... –Franco la agarró de la cintura y la

atrajo hacia sí–. Tanta sinceridad puede despertar al diablo.

–¿Y tú eres el diablo? –le preguntó ella, sin intentar detenerle.

Franco hizo una mueca.

–Probablemente... Supongo que sí... Sí –admitió él–. Porque estoy a punto de romper la promesa que te hice y... –no se molestó en terminar la frase, sino que le dio un beso directamente.

Fue como echarse a volar sin alas, y lo peor fue que Lexi ni siquiera se resistió. Se acercó a él hasta sentir el calor que manaba de su cuerpo, endureciéndole los pezones. Entreabrió los labios y dejó escapar un pequeño suspiro que él atrapó con la lengua. La besó hasta hacerla derretirse, hasta hacerla sucumbir a la ola de deseo. Lexi empezó a acariciarle los músculos de los brazos y entonces sintió cómo lo recorría un ligero temblor.

Peligroso...

Y fue entonces cuando probó el pintalabios. De Claudia. Tenía que ser de la hermana de Marco porque ella no llevaba. Y ese era el motivo principal por el que estar al lado de Franco era tan peligroso. Él podía subirle y bajarle la temperatura al mismo tiempo.

Al ver que ella se retraía, Franco aguzó la mirada. Lexi bajó la vista para no delatarse a sí misma.

–¿Puedo irme ahora?

De repente la tensión subió entre ellos, como microondas que la agitaran por dentro, y entonces él la soltó y retrocedió.

Con la boca seca y el corazón adolorido, Lexi pasó por su lado y abandonó la habitación.

Franco la vio marchar, preguntándose qué la había hecho cambiar de actitud tan repentinamente. Se llevó los dedos a la boca y entonces se dio cuenta. Algo le hizo bajar la vista. En ellos estaba el pintalabios rojo de Claudia que no le había dado tiempo a quitarse.

Masculló un juramento.

Lexi pasó veinticuatro horas evitándole. Ni siquiera fue a verle protestar por el cambio de habitación. La habían puesto en la suite contigua. Zeta le llevaba comidas deliciosas para tentarle, pero los platos volvían intactos a la cocina. El ama de llaves no tardó en mostrarse preocupada. Se quejaba de que no hacía más que trabajar frente al ordenador, de que estaba demasiado exhausto como para poder comer... Pero eso a Lexi le traía sin cuidado. Pasó la tarde entera en el sofá, delante de la televisión. Le daba igual lo que Franco hiciera o dejara de hacer.

No quería que le importara.

Cuando llegó la hora de irse a la cama, ni siquiera se molestó en ir a verle. Se puso uno de sus camisones de seda y se metió entre las frescas sábanas de lino. Apagó la luz y se dispuso a dormir. A la mañana siguiente, dio un largo paseo por el lago después de desayunar y les dio un poco de pan a los cisnes. Sabía que Franco la observaba desde la terraza superior, pero no le vio las dos veces que se atrevió a levantar la vista. Tenía el teléfono móvil en uno de los bolsillos del vestido de flores que se había puesto... Pero él no la llamaba. Era como si estuvieran echando un pulso. Lexi quería evitarle, pero también quería que la llamara. ¿Qué sentido tenía?

Pensó que a lo mejor bajaba a comer, pero no lo hizo. Albergó la esperanza de que apareciera por allí cuando Zeta les sirvió el té a media tarde en la terraza inferior, pero finalmente el ama de llaves le dijo que por fin estaba durmiendo y que había cerrado el ordenador.

A la hora de la cena, Lexi se dio cuenta de que es-

taba perdiendo la batalla. Estaba a punto de rendirse...
Se detuvo frente a su habitación un momento. Zeta le
había dicho que seguía durmiendo. Agarró el picaporte
y abrió la puerta. Entró rápidamente y cerró la puerta
tras de sí, como un niño que sabe que está haciendo una
travesura. Ya estaba atardeciendo, y las lámparas que
estaban a ambos lados de la cama arrojaban una suave
luz por toda la habitación. Los enormes ventanales estaban abiertos y por ellos entraba una brisa cargada de
aromas provenientes del jardín.

Él no estaba allí. El corazón de Lexi se aceleró. La
puerta del cuarto de baño estaba abierta y se veía que
tampoco estaba allí dentro. Consciente de que una extraña flojera se estaba apoderando de sus extremidades,
Lexi cruzó la habitación, rumbo al único lugar donde
podía estar.

Salió a la terraza y le encontró sentado en una de las
sillas, con las piernas estiradas por delante y los pies
apoyados en la silla de enfrente. Llevaba unos chinos
claros y una camisa azul. En la mesita que tenía al lado,
había una botella de vino tinto y dos copas grandes. En
cuanto se volvió hacia ella, Lexi supo que estaba perdida.

Y él supo que había ganado...

Capítulo 7

FRANCO levantó la mano, la extendió hacia Lexi y eso fue todo lo que hizo falta para que ella se acercara. Avanzó unos pasos y puso su propia mano sobre la de él. Él cerró los dedos alrededor de los de ella, cálidos, ligeramente endurecidos, fuertes.

—¿Una copa de vino?

—Por favor —le dijo ella en un susurro que le arañó la garganta.

Franco apoyó los pies en el suelo y se levantó. Sus movimientos eran libres y suaves, como si ya no le doliera nada. Como si lo hubiera planeado todo hasta el último detalle, la atrajo hacia sí, le puso el brazo alrededor de la cintura y entonces sirvió el vino.

Le dio una copa.

—Por nosotros —dijo, chocando su copa contra la de ella.

Y entonces esperó a que ella bebiera un sorbo.

—Por nosotros, o por el ahora —dijo Lexi y bebió un poco.

Franco tardó unos segundos en darse cuenta de lo que ella había dicho. Levantó su copa y bebió.

En un rincón profundo de su cabeza, Lexi sabía que tenía ganas de llorar. A lo mejor él lo notaba. A lo mejor era consciente de que por mucho que le deseara, no quería lo que estaba ocurriendo. Franco soltó un pequeño suspiro, volvió a poner su copa sobre la mesa, puso la de ella, y entonces la estrechó entre sus brazos.

–Poco a poco, ¿eh? –murmuró, dándole un beso en la frente.

Lexi levantó el rostro y le miró fijamente.

–Aunque... Si ahora solo puedes ir poquito a poquito... –dijo ella, intentando aligerar el tono de la conversación.

Franco se rio.

–No sé cómo estoy –confesó con sinceridad–. Aunque podría ser interesante averiguarlo.

Lexi soltó una carcajada. Franco se volvió, sin dejar de abrazarla, y la hizo entrar. Bajo la suave luz de la habitación, la hizo ponerse justo delante de él y la besó, como si fuera lo más natural del mundo. Ella se acercó un poco más y deslizó las manos alrededor de su cuello. Él enredó los dedos en su cabello y atrapó uno de sus suspiros con la boca al tiempo que ella se entregaba al beso con desenfreno.

Cuando Franco se apartó, Lexi tenía las mejillas encendidas. Una timidez terrible, como nunca antes había experimentado, le impedía apartar la vista de su pecho.

–Supongo que deberíamos bajar a cenar antes –se oyó decir.

–¿Ya te vas a escapar?

«Si lo hago, no te darías cuenta...», pensó Lexi, sintiendo las yemas de sus dedos sobre la espalda. Fue suficiente para sentir ganas de arquear la espalda y pegarse más a él.

–Zeta va a venir a buscarme si no bajo.

Él retrocedió y fue a buscar el teléfono fijo. Habló con el ama de llaves.

–Ahora ya sabe lo que estamos haciendo –le dijo Lexi, protestando.

–Somos marido y mujer. No tiene nada de malo posponer un poco la cena mientras hacemos el amor.

–Sí, pero...

–¿Quieres comer primero? –le preguntó.

Lexi se desesperó un poco. No sabía lo que quería en realidad.

–¡Quiero estar contigo, pero no quiero estar contigo! –le confesó, poniendo todas las cartas sobre la mesa.

–Lo sé –contestó él con dulzura.

–¡Quiero... quiero irme a Londres, a casa, olvidarme de ti, pero no puedo!

–Eso también lo sé.

–Y... ¡Y preguntarme si quiero ir a comer antes de acostarme contigo tampoco me ayuda mucho!

–Bueno, entonces lo diré de otra manera. ¿Quieres comer, hacer el amor o pelear?

Lexi quería hacerlo todo y nada a la vez. Alzó las manos al cielo, rindiéndose. Le miró fijamente. Él estaba a unos metros, la viva imagen de la paciencia. Su hombre. Su amante. Su único amante. Estaba casada con él. Tenía su anillo alrededor del dedo. Su apellido se había convertido en el suyo propio cuatro años antes. Sin embargo, no recordaba haberlo usado ni una sola vez fuera de Italia.

–Éramos tan jóvenes –susurró–. Diecinueve y veinticuatro. Debería haber sido un romance de verano y nada más.

–Pero no lo fue.

–No –Lexi cruzó los brazos–. Nos quedamos embarazados.

Un gesto de color cruzó la mirada de Franco y entonces levantó una mano de nuevo.

–Lexi...

–Todavía somos jóvenes –susurró ella, sacudiendo la cabeza–. Yo debería estar por ahí, de fiesta todas las noches, saliendo con uno distinto todos los días. Y tú deberías ir de juerga por ahí, dedicarte al alcohol y a las mujeres, y a estrellar esas superlanchas de machotes.

Eso sí que le hizo reír. Y Lexi lo entendía muy bien. Ella misma había estado a punto de echarse a reír, pero...

–Esa... epifanía que tuviste sobre nosotros... Podría quedar en nada en cuanto te recuperes del accidente y pongas en orden tus sentimientos respecto a Marco...

–¿Cuál fue tu epifanía?

Lexi parpadeó.

–Yo no tuve ninguna. Fuiste tú quien la tuvo.

–¿Entonces por qué estás aquí conmigo, *cara*? ¿Qué te hizo volver a mi vida?

–Estabas su...

–Ahora estoy mejor. Pero sigues aquí –soltó el aliento y fue hacia ella. Le agarró los brazos y la hizo descruzarlos–. He tomado una decisión. Vamos a bajar y cenamos como un matrimonio respetable al que no le queda ni una pizca de pasión.

–¿Estás enfadado conmigo?

–No –le dijo él, llevándola hacia el rellano–. Me estoy esforzando por darte lo que crees que necesitas ahora.

–¿Peleas y frustración?

–Llámalo como quieras, Lexi.

Lexi se detuvo frente a la puerta de su dormitorio.

–Tengo que cambiarme y...

–Estás genial así –le dijo Franco–. Bronceada y en forma después de todo el ejercicio que has hecho paseando por el lago, intentando aguantar las ganas de venir a verme.

–Entonces sí que me estabas observando –Lexi suspiró.

Él empezó a bajar las escaleras con ella.

–Cada suspiro, cada movimiento de esa cabecita, cada mirada indiscreta para ver si yo estaba en la ventana... Lo vi todo.

—Pero yo no te vi.

—Es que me escondí como un espía en pleno acto de servicio.

Entraron al pequeño comedor. La mesa estaba puesta para dos, decorada con varias velas.

—¿Ibas a bajar a cenar? —Lexi se detuvo de golpe.

—Mmm —murmuró él—. Pero tú viniste a visitarme y me arruinaste la sorpresa.

Lexi se dio cuenta de que se había rendido demasiado pronto. Si hubiera esperado un poco más, se hubiera ahorrado un buen golpe en el orgullo.

Zeta llegó en ese momento. Se detuvo, sorprendida, al verlos a los dos.

—Pensaba que...

—Cambiamos de idea —dijo Franco—. Al parecer, a la edad de veintiocho años, ya soy demasiado mayor para esos arrebatos de pasión.

Lexi se sonrojó hasta la médula y le fulminó con la mirada. Él se limitó a reírse al tiempo que sacaba una de las sillas para ella. Después le dio un beso en la mejilla y tomó asiento.

Cenaron y charlaron de cosas inconsecuentes, pero la tensión de fondo no desapareció; los acechaba como un tigre que esperaba el momento preciso para abalanzarse sobre ellos.

—Háblame de todos esos hombres con los que has estado cuando salías de fiesta.

—Es de mal gusto contarlo después.

—A Dayton no debió de hacerle mucha gracia.

Lexi contempló la llama parpadeante de una de las velas y entonces sintió un golpe de culpa.

—Bruce ha pasado a estar en la lista prohibida.

—Pero es una parte importante en tu vida.

—¿Estás listo para hablar de Marco? —le espetó, desafiante.

Franco se cerró por completo.

—No.

—¿Por qué no?

—Háblame de tu infancia.

—No hay mucho que contar —dijo, sirviéndose un poco de la crema que había preparado Zeta—. Viví hasta los diez años con mi abuela.

—¿Dónde estaba tu madre?

—Trabajando —contestó Lexi—. Esa es la vida de los actores. Por aquel entonces viajaba mucho, siempre con la maleta hecha. Mi abuela me crio. Cuando murió, Grace tuvo que ocuparse de mí, lo cual significaba básicamente dejarme al cuidado de familiares distintos en ciudades distintas mientras ella trabajaba.

—Eso me suena. A mí me crio una larga lista de niñeras tras la muerte de mi madre.

—Oh, pobre niño rico —le dijo Lexi en un tono burlón—. Tu padre te quiere muchísimo y tú lo sabes.

—Pero estaba muy ocupado. Me quería, pero solo cuando tenía tiempo de hacerlo. La mayor parte del tiempo estaba solo por esta casa enorme, o en un internado para niños ricos.

—¿Allí conociste a Marco?

—Estábamos hablando de tu infancia.

—Bueno, no hice muchos amigos —hizo una mueca—. Es difícil hacer lazos duraderos cuando estás viajando constantemente. Toma... Prueba esto —le sirvió un poco del postre y le puso el plato delante—. Es lo más rico que he probado en mucho tiempo.

—¿Qué preferías entonces? ¿No parar de viajar o vivir con tu abuela? —le preguntó él, llevándose la cuchara a la boca.

—Oh, vivir con mi abuela. Era un poco estricta. Tenía miedo de que me convirtiera en una chiquilla frívola, igual que mi madre, pero nos llevábamos bastante bien por lo general.

—¿Y tu padre? ¿No formaba parte de tu vida entonces?

¿Parte de su vida? Para eso tendría que haber sabido quién era.

—¿Por qué me haces todas estas preguntas sobre mi pasado? —le preguntó, frunciendo el ceño—. Tú nunca te interesaste por saber de dónde venía.

—Es por eso que te lo pregunto ahora.

—Bueno, no lo hagas —se incorporó y se sirvió un poco de la crema de caramelo, pero no fue capaz de llevarse la cuchara a la boca, así que volvió a dejarla en el plato. Franco la miraba fijamente—. ¿Qué?

—Creo que he puesto el dedo en la llaga sin darme cuenta.

—No. Es que no entiendo ese interés repentino.

—Eres mi esposa...

—Tu esposa perdida, por así decir —Lexi agarró la copa de vino y se quedó mirando el oscuro líquido un instante.

En el pasado él nunca se había interesado por su vida de esa manera. Entonces solía vivir en una suite situada al otro lado de la casa. Y él jamás se había quejado, ni tampoco había hecho que la trasladaran a la habitación contigua a la suya. Solía visitarla con reticencia, como un anfitrión comedido y cortés. Llamaba a su puerta con suavidad y le preguntaba qué tal estaba, todas las mañanas antes de irse al trabajo.

—Lexi...

—No tengo padre.

—Todo el mundo tiene uno.

—Bueno, yo no. Y ahora, cambiemos de tema.

Él se había echado hacia atrás y su rostro estaba en penumbra. Era imposible descifrar su expresión.

–Si te afecta tanto, te pido disculpas. Estoy de acuerdo. Cambiemos de tema.

–No. Terminemos lo que ya has empezado y dejémoslo de una vez. ¿Qué quieres saber exactamente? ¿Mi árbol genealógico? Muy bien –se apoyó en el respaldo de la silla, tensa y desafiante. Se quitó el pelo de la cara–. Madre. Grace Hamilton. Actriz, pero no famosa –levantó la mano para situar a Grace en una rama imaginaria en el aire. Los dedos le temblaban–. Padre. Desconocido. Porque Grace nunca quería hablar de las cosas a las que no quería hacer frente y no había ningún nombre en mi certificado de nacimiento –situó a su padre junto a su madre–. Oh, y me he olvidado de poner a mi abuela ahí también. ¿Alguien más? –fingió pensarlo un poco. Sus ojos lanzaban flechas en llamas.

Franco escuchaba en silencio, impasible.

–Un hámster llamado Racket. Yo quería un perro, pero no me dejaban tener uno porque viajábamos demasiado. Y después está Bruce, claro –mientras hablaba, taladró a Franco con la mirada, retándole a decir algo–. Bruce es la única persona que ha permanecido a mi lado, durante toda mi vida. Me pregunto en qué parte del árbol debería estar.

–¿Figura paternal? –sugirió Franco.

Lexi sintió ganas de golpearle.

–Tienes que lavarte la boca con jabón –le lanzó una mirada siniestra–. Por lo menos a él siempre le ha importado lo que me pasa.

–Sí. Y ha querido babosearte como un viejo libidinoso.

–Pero ¿cómo te atreves a decir eso?

–Me atrevo porque tiene doce años más que tú, pero nunca ha sido capaz de mirarte sin desear arrancarte la ropa.

–Bueno, es mejor tener a un viejo libidinoso que a un supermacho joven.

–¿Me estás llamando libidinoso o algo así?

–¿Qué le llamarías tú a un chaval que persigue a una chica inocente y estúpida con la única intención de llevársela a la cama y así ganar una apuesta?

–Esa apuesta estuvo... muy poco inspirada –le dijo, gesticulando con una mano–. No tenía nada que ver con lo que había de verdad entre nosotros.

–Bueno, eso se lo dices a tus amigotes –Lexi se rio, pero no fue una risa divertida–. Y no olvidemos que finalmente recogiste tu premio cuando ganaste –añadió.

–Hay una razón.

–Soy todo oídos.

–Estábamos hablando de esa obsesión malsana que tiene Bruce Dayton contigo.

–Bruce siempre ha sido bueno conmigo.

–La figura paternal perfecta.

–Deja de llamarle así. ¡No es lo bastante mayor como para ser mi padre!

–Bueno, entonces tu tío. Lo que sea... Era enfermizo.

Lexi levantó la barbilla.

–La forma en que tú me trataste sí que fue enfermiza, Franco.

Franco se levantó de la mesa y fue hacia el mueble de las bebidas. Había vuelto a cojear de repente.

–Si te digo que siento una vergüenza enorme de haber seguido adelante con esa apuesta, ¿me creerás y dejarás el tema de una vez?

Se volvió y la observó con la expresión de un hombre que realmente quería decir lo que había dicho.

–Verte aceptar esa apuesta me rompió el corazón.

–Lo siento –dijo él y entonces suspiró–. Claudia era una gata celosa, y quería hacerte daño cuando te envió ese vídeo al teléfono... Ella también se arrepintió mucho de todo lo que hizo –Franco prosiguió–. Sobre todo cuando perdiste a tu madre poco después y...

–Todo mi mundo se vino abajo –dijo Lexi, completando la frase. Respiró profundamente y se puso en pie–. Os perdono a los dos por la apuesta, ¿de acuerdo? –dijo con frialdad–. Incluso os perdono por haberme hecho el vacío durante esa última semana, antes de que la apuesta saliera a la luz, y te perdono por odiar estar casado conmigo. Después de todo... –soltó una risotada áspera–. Por aquel entonces ya te odiaba en la misma medida. Pero lo que no puedo perdonar es... –añadió, sonrojándose–. Es que te acostaras con Claudia en nuestro apartamento mientras yo estaba en el hospital, perdiendo a nuestro bebé. Y ahora mismo creo que me voy sola a la cama.

–Espera un momento –Franco se puso tenso–. ¡Esa última parte no pasó!

–Los teléfonos con cámara lo ven todo –dijo Lexi con sorna, cruzando la habitación, rumbo a la puerta–. Y créeme, Franco –no pudo resistirse a arremeter contra él–. ¡Diga lo que diga la gente, las cámaras no mienten!

–¡Lexi, vuelve aquí! –gritó él al tiempo que ella salía de la habitación a toda velocidad.

Estaba a mitad de las escaleras cuando oyó un ruido y una sarta de juramentos.

–¡Espero que fueras tú, cayéndote de bruces y dándote en esa cara mentirosa que tienes! –le gritó, deteniéndose–. ¡Me alegro mucho de haberte conocido, Francesco! Y gracias por este viaje al pasado –le espetó, llena de sarcasmo.

Ni siquiera se fijó en Zeta, parada en el vestíbulo. La señora la siguió con la mirada, con gesto de preocupación. Franco sí que la vio, no obstante, cuando se presentó en la puerta, tras oír sus juramentos furibundos. Se incorporó como pudo, frotándose el muslo. Una de las sillas del comedor estaba de lado, porque se había tropezado con ella. La botella de vino que tenía en la mano estaba volcada en el suelo. El oscuro líquido se estaba derramando sobre el parqué de roble.

—No digas ni una palabra —le advirtió a Zeta con cara de pocos amigos.

—¿Pero... ha sido ella?

—Mi esposa puede hacerme lo que quiera —contestó él, sujetándose el hombro porque se lo había dislocado al intentar frenar la caída—. Puede ponerme una pistola cargada en la sien y apretar el gatillo si quiere. Es su derecho, su legítimo derecho... ¡Maldita sea! —gritó al intentar apoyar el peso en la pierna herida. Casi se cayó de nuevo.

Zeta echó a correr rápidamente, pero él la hizo retroceder con un gesto.

—Estoy bien —murmuró—. Vete, Zeta, por favor. Esto es algo entre Lexi y yo, y no necesitamos testigos mientras hacemos el ridículo.

Pero Lexi no sentía que estuviera haciendo el ridículo. Sentía que iba a explotar de rabia. ¿Qué estaba haciendo allí? Ya no había nada más que hacer. La puerta que había en su cabeza estaba abierta de par en par y todo estaba saliendo a borbotones; el dolor, la traición, como si acabara de pasar. Triste e impotente, se quitó la ropa, se puso el camisón como pudo y se metió entre las frescas sábanas de lino. Se hizo un ovillo. Estaba temblando, de nuevo. De pronto la puerta del dormitorio se abrió de par en par. Sabía que era Franco.

—Si has venido a preguntarme cómo estoy, ¡no te molestes! —le dijo, sin siquiera destaparse la cabeza.

Él guardó silencio.

—¡Y no has llamado!

—¿De qué demonios estás hablando ahora?

—Dímelo tú —forcejeando con la sábana para poder incorporarse, Lexi se apartó el pelo de la cara.

Él estaba allí de pie, una enorme silueta negra.

–¿Tu padre te manda a vigilarme todas las mañanas?

–¿Mandarme a vigilarte?

–La última vez que estuve aquí, recuerdo a tu padre, diciéndote que subieras a verme a mi habitación, antes de iros a Livorno cada mañana. Solías llamar con educación. Y después te parabas en la puerta, tal y como estás haciendo ahora. Y me mirabas como si no desearas que estuviera ahí.

Franco se puso rígido, como si acabara de darle una bofetada.

–No me tenían que decir que subiera a verte, ¡y no te miraba como si deseara que no estuvieras!

–¿Marido y mujer con habitaciones separadas en cada punta de la casa? Ni te molestaste en hacer que me cambiaran, ¿verdad? Te gustaba tenerme en la otra punta de la casa –Lexi le oyó suspirar.

Franco avanzó hasta la cama.

–Me sentía inseguro. No me decías nada del sitio donde dormías, y yo no sabía cómo sacar el tema sin parecer sediento de sexo, así que lo dejé pasar.

–No estabas sediento de sexo conmigo.

Él calló.

–Y me hubieran hecho falta nervios de acero para quejarme de mi habitación cuando sabía lo mucho que me odiabas.

–Tú también me odiabas, Lexi.

Ella suspiró, porque era la verdad. Él también suspiró y se sentó al borde de la cama. Lexi le vio hacer una mueca. Le vio poner una mano sobre su muslo herido. Deseó no quererle y odiarle al mismo tiempo.

Porque todavía le quería...

–¿Qué quieres que te diga? ¿Que lo estropeé todo? –admitió–. Muy bien. Lo estropeé todo. Yo creía... –se detuvo, pero Lexi esperó a que terminara.

Cuando siguió adelante, tuvo la sensación de que acababa de cambiar lo que iba a decir en primera instancia.

—Dejé... que otra gente me dijera lo que tenía que sentir por ti. Pero nunca deseé que te fueras. Nunca.

—Solía llorar en mi cama todas las mañanas, cuando te ibas —no le estaba mirando en ese momento. Tenía la cabeza baja, se miraba los dedos—. Deseaba tanto que mi madre entrara en ese dormitorio, me tomara en brazos y me llevara de este lugar.

—Lexi...

Lexi sacudió la cabeza.

—Te volviste frío conmigo antes de que nos casáramos. Antes de que Grace muriera, antes de que descubriera lo de esa estúpida apuesta. Sabiendo eso, no debería haberme casado contigo.

Mascullando un juramento, él le agarró los dedos.

—Mira, siento mucho lo de la apuesta. Lo digo de verdad. Lo siento. Fui un loco arrogante. Me creí algo que me dijeron sobre ti y... Quería devolverte el golpe, así que... Recogí mi premio, sabiendo que Claudia lo estaba grabando todo y que probablemente te lo enviaría.

—¿Te creíste algo que te dijeron sobre mí? —Lexi levantó la cabeza y le miró—. ¿Qué fue?

Él se limitó a fruncir el ceño y a negar con la cabeza.

—Hablemos de cámaras y de orgías que no tuvieron lugar.

Lexi volvió a tumbarse sobre la almohada.

—No. Vete —dijo, tapándose la cabeza con la sábana.

Sin aviso alguno, Franco perdió la paciencia. Y casi sin darse cuenta, Lexi terminó aplastada debajo de su cuerpo una fracción de segundo después.

—Habla —le dijo, quitándole la sábana de la cara para poder mirarla a los ojos.

–Yo no me acosté con Claudia. ¡Nunca me he acostado con Claudia! Quiero saber por qué pensaste alguna vez que sí lo hice.

Si Lexi no hubiera visto las evidencias con sus propios ojos, hubiera podido creerle. Parecía tan ofendido. Llamas de rebeldía ardían en sus ojos.

–¿Dónde estabas la noche en que me llevaron al hospital? –le preguntó, desafiante.

–Borracho perdido en un bar, en alguna parte de la ciudad. Ahogado en alcohol hasta el punto de no saber lo que hacía ni querer saberlo.

–Te llamé. ¡Cuatro veces! –le dijo ella, echando chispas por los ojos–. Ni siquiera te molestaste en contestarme. ¡Ni una vez!

Franco trató de recordar qué más había estado haciendo mientras se emborrachaba hasta la inconsciencia.

–Marco me encontró y me llevó a casa. Apenas podía mantenerme en pie. Me metió en la cama. No recuerdo ninguna llamada de teléfono. No recuerdo mucho de esa noche.

–Entonces Claudia se escondió en un armario, esperó a que estuvieras desnudo y comatoso en la cama, y entonces saltó sobre ti, ¿no?

–¿Lo viste? –le preguntó Franco. Parecía sorprendido.

–¡Claro que lo vi! –Lexi trató de quitárselo de encima, retorciéndose y forcejeando.

–Quédate quieta. Me duele todo.

Aunque no quisiera, Lexi se quedó inmóvil.

–¿Crees que me gusta inventarme una escenita como esa, en la que el marido está en la cama con otra mujer mientras...?

–¿De quién era el teléfono?

–Era el de Claudia, aunque no sé cómo pudo hacer

fotos mientras estabais... ¿Qué? –le preguntó Lexi al ver que se quedaba blanco como la leche.

Pero él no dijo nada. De repente se levantó de la cama y se quedó allí parado, junto a la cama, con la mirada perdida. Lexi se incorporó de nuevo. Un sentimiento de alarma se estaba apoderando de ella.

–¿Franco?

Franco ni siquiera la oyó. Una neblina roja le emborronaba la vista de repente y en el medio había una imagen que recordaba gracias a Marco; una imagen de Lexi con su mejor amigo en la cama, en el fragor de la batalla amorosa... Pero en ese momento se veía a sí mismo con Claudia, tal y como Lexi se los había descrito, y esa imagen se la había enviado...

Como si estuviera totalmente borracho de repente, igual que aquella noche cuando Lexi había perdido a su bebé, se dirigió hacia la puerta y salió sin decir ni una palabra más.

Capítulo 8

LEXI se quedó allí sentada, abrazándose las rodillas, consciente de que algo terriblemente dramático había pasado, pero no sabía qué era... Él parecía roto, hecho añicos. ¿Había sido culpa suya? Una punzada de remordimiento corrió por su espalda como un escalofrío. Se suponía que estaba allí para cuidar de él, no para provocar una pelea cada cinco minutos. Marco... Le había dicho algo de Marco antes de... Saltando de la cama, Lexi corrió detrás de él. El sentimiento de culpa se hizo mayor cuando le encontró sentado al borde de la cama, con el rostro escondido entre las manos.

—¿Franco? —se agachó delante de él—. ¿Te encuentras bien?

Él no dijo nada durante unos segundos. Angustiada, Lexi metió sus dedos entre los de él y le quitó las manos de la cara.

—Estoy bien.

—Lo siento. Me he pasado un poco —susurró ella—. Siempre se me olvida que...

—¿Que estoy medio loco?

—Que no estás bien —dijo ella, esbozando una media sonrisa.

Él también sonrió con tristeza.

—Enfermo, loco, estúpido, ciego... —dijo él, ofreciendo otras alternativas.

–¿Todavía no ves bien? ¿Por eso te tropezaste con los muebles abajo?

–Creo que me he hecho daño en la herida del muslo.

Ella le miró las piernas. Levantó sus manos entrelazadas para ver si tenía sangre por algún sitio. No había nada.

–Muy bien. Será mejor que te eche un vistazo –le dijo Lexi, contenta de tener algo práctico en qué pensar que no fueran esas emociones intensas y extrañas que fluían entre ellos. Se puso en pie–. Tendrás que quitarte los pantalones.

–¿Es que vamos a jugar a los médicos y las enfermeras? ¿Vestida así? –le dijo, mirándola de arriba abajo con una mirada burlona.

–Yo nunca voy a ser enfermera –le dijo Lexi, decidida a mantener la conversación en un plano ligero–. Y ya me has visto llevando menos ropa que esto, así que no te quejes.

–No me estaba quejando. Solo estaba haciendo una observación.

–Bueno... –respiró hondo, pero no sin dificultad–. Si puedes levantarte, quítate los pantalones, y estaremos igual.

Cuando se quitó los pantalones, Lexi se dio cuenta de que lo de la herida no era ninguna broma. Un hilo de sangre atravesaba los vendajes.

–Bueno, ¿ahora qué hacemos? –le preguntó, mordiéndose el labio inferior.

–Me quito el vendaje y echo un vistazo mientras tú vas a buscar otro –se sentó de nuevo y empezó a despegar el borde de la venda blanca–. En el baño, junto a la taza del váter.

Lexi asintió y se movió obedientemente. Tenía la sensación de que él también estaba intentando tomarse las cosas a la ligera, porque no quería empezar con la pelea de nuevo.

¿Cómo lo habían hecho? Casi habían llegado a gritarse...

Ella le había gritado. Eso sí lo recordaba... Se lavó las manos y agarró el paquete de gasas estériles. Volvió al dormitorio con una toalla limpia.

–¿Remilgos? –le preguntó él al verla detenerse a unos metros de distancia.

–No lo sé. Nunca he visto una herida abierta antes.

–No está abierta.

Se quitó los últimos restos de gasa y Lexi pudo ver que le estaba diciendo la verdad. Solo quedaba una línea violácea de unos diez centímetros con una pequeña brecha en el medio. Seguramente se había golpeado justo ahí.

–Ha mejorado muy rápido –Lexi avanzó y se sentó junto a él en la cama–. ¿Te duele?

–No mucho. Si abres ese paquete, encontrarás un tubo pequeño de plástico. Está lleno de líquido.

Ella lo encontró enseguida y se lo dio. Franco abrió el tubo y se puso un poco del líquido en la herida.

–¿Qué hace ese líquido? –le preguntó Lexi con curiosidad.

–Acelera el proceso de cicatrización... Haces muchas preguntas para no querer ser enfermera.

–No soy yo quien está haciendo de enfermera. Ya no estás sangrando...

–Debería haber un apósito limpio y seco en el paquete.

Lexi lo encontró rápidamente y se lo entregó. Él lo usó para absorber el exceso de líquido. Cuando terminó, ella le dio el vendaje nuevo sin decir ni una palabra.

–Lexi, lo siento –murmuró él de repente–. Siento todo lo que te hemos hecho pasar.

Aquel uso del pronombre plural sonaba extraño, pero Lexi no quiso insistir en el tema.

–Fui un blanco fácil. Era insoportable la mayor parte del tiempo.

–Con razón.

–Sí, bueno... –como necesitaba algo que hacer, Lexi recogió las cosas y se puso en pie–. Voy a poner todo esto en el baño.

–Y vuelve a la cama.

Lexi se paró a medio camino del cuarto de baño.

–Gracias por darme permiso –susurró.

–Y mañana, si quieres, puedes volver a Londres.

Ella se sintió como si acabaran de darle una puñalada por la espalda. Se giró de golpe, pálida. Él seguía allí sentado, alisando el vendaje con los dedos, cabizbajo.

–¿Quieres que me vaya?

–Los dos sabemos que no voy a hacer ninguna estupidez, Lexi –le dijo con seriedad–. No debería haber... No debería haber usado el chantaje emocional para traerte y retenerte aquí. Ya es hora de empezar a jugar limpio de nuevo. Puedes irte a casa. Sin remordimientos.

Lexi no esperaba todo aquello. Después de todo lo que habían pasado en esos últimos días, jamás hubiera esperado...

–Bueno, entonces todo eso de... Intentarlo de nuevo... ¿Qué era? ¿Me estabas utilizando para no tener que pensar en Marco?

Él se puso en pie, el ceño fruncido...

–Solo trato de jugar limpio.

–¡No quiero que juegues limpio! –dijo Lexi, sintiendo un nudo en la garganta–. Quiero que seas sincero conmigo y me digas... ¿He sido solo una diversión para no tener que hacerle frente a la culpa y no tener que pensar en Marco?

–¡No!

–Entonces ¿qué?

Como un hombre a punto de hacer algo horrible, Franco fue hacia ella, la agarró de los hombros y la alzó contra su pecho.

—Es que nunca sabes cuándo es seguro decir algo, ¿verdad? —le dijo, enfadado—. ¡Eras así hace cuatro años! ¡Una pequeña vampiresa respondona que nunca sabía cerrar el pico!

—Entonces decías que te gustaba respondona.

—Y me sigues gustando respondona. ¡Ese es el problema! —suspiró al ver que ella temblaba.

Sus ojos parecían enormes, heridos...

—*Santa cielo* —gruñó, exasperado—. Estoy tratando de hacer lo correcto dándote elección. Vete porque quieres irte, o quédate porque quieres quedarte. No tienes que hacer nada obligada. ¡Tú eliges!

—Me quiero quedar —susurró Lexi.

Él volvió a fruncir el ceño, como si le hubiera dado la respuesta equivocada.

—¿Por qué? Si no he hecho más que causarte molestias y sufrimiento.

—Me estaba acostumbrando a la idea de... nosotros, juntos, tratando de seguir casados y... —trató de encogerse de hombros—. Todavía siento algo por ti, ¿de acuerdo?

A la defensiva y tensa, esperó a que él dijera algo. Él seguía frunciendo el ceño, pero había un destello brillante en su mirada. El silencio se dilataba. Lexi deseaba saber qué estaba pensando.

Soltó una risita nerviosa.

—Y me encantan tus piernas. Siempre tuviste unas piernas preciosas.

—¿Mis piernas? —repitió Franco.

Lexi asintió, mordiéndose el labio inferior.

—Largas, fuertes, bronceadas... Sexy. Incluso con todas las cicatrices que has acumulado a lo...

Él la hizo callar con un beso caliente, brusco. Ella soltó las cosas que llevaba en la mano porque necesitaba agarrarse de sus brazos para mantener el equilibrio. En algún rincón de su mente sabía que no habían terminado con lo de Claudia, pero tampoco quería pensar en eso en ese momento.

Lo único que importaba era que la estaba besando con esa sed ardiente que solía sentir... Él enredó una mano en su pelo y con la otra le agarró el trasero, atrayéndola hacia sí para que pudiera sentir la intensidad de su deseo. Un chorro de sangre caliente recorrió las venas de Lexi y se concentró entre sus piernas. Empezó a mover las manos, deslizándolas por encima del suave tejido de su camisa y palpando la fuerza arrolladora de sus bíceps, de sus hombros, el fuego que desprendía su cuerpo. Le estaba rozando las piernas, aumentando así el ansia que crecía en su interior. El fino vello que le cubría la piel le hacía cosquillas. Era como estar conectada a una red eléctrica... Se estremeció... Le agarraba con fuerza, le sentía temblar... Encogerse...

—Oh... —exclamó, ahogándose un poco. Echó atrás la cabeza. El corazón se le salía del pecho. Respiraba demasiado deprisa. Se encontró con la negrura insondable de los ojos de Franco. No había destellos de oro esa vez.

—Te he hecho daño.

—No.

—Sí que te lo he hecho. Eres un hematoma gigante y no sé cómo vamos a hacer esto sin que sea una tortura para ti.

Franco soltó una risita burlona y le acarició el trasero, apretándola contra su propio cuerpo.

—¿No crees que esto ya es una tortura?

Fue por puro instinto que Lexi empezó a moverse contra su potente y duro miembro. Él se estremeció y tembló. Empezó a acariciarle la espalda con la otra mano y finalmente la agarró de la cintura, atrayéndola hacia sí más y más. Capturó sus labios de nuevo y esa vez no le dio tiempo a pensar. La pasión floreció entre ellos... Lexi sentía un fuego interior que se acumulaba en cada célula de su cuerpo.

–Te deseo, *tesoro*, tanto que me corroe por dentro.

Lexi sintió el calor de sus labios sobre la mejilla, deslizándose hacia la oreja. Se estremeció. Echó atrás el cuerpo un poco para poder desabrocharle la camisa. Los dedos le temblaban tanto que apenas podía llevar a cabo esa tarea tan sencilla. Franco, besándola en el cuello y susurrando palabras en italiano, tampoco la ayudaba mucho. Él también intentaba quitarle el camisón y no tardó mucho en conseguirlo. La prenda cayó al suelo con un movimiento rápido.

Desnuda ante él por primera vez en muchos años, Lexi se quedó helada durante unos segundos... Él también se quedó inmóvil. Retrocedió un poco para verla mejor. La fuerza de su mirada le marcaba la piel, dejando un rastro de fuego que le endurecía los pezones. Franco abarcó uno de sus pechos con una mano, lentamente, como si estuviera familiarizándose de nuevo con ellos. Lexi se quedó muy quieta y le observó mientras le rodeaba la cintura con la otra mano. El aire a su alrededor vibraba, cargado de tensión sexual. Él tenía la camisa abierta, un rastro de fino vello corría por su abdomen hasta perderse por la cintura de sus calzoncillos. A Lexi se le hizo la boca agua... Deseaba inclinarse adelante y probar su piel. Podía ver el bulto de su miembro erecto, presionando la tela. Recorrió su longitud con la mirada. Recuerdos de lo que era tenerle dentro despertaron una excitación que se cerró sobre ella como un puño. Como si supiera en qué estaba pensando, Franco deslizó una mano hasta su vientre y siguió bajando. Ella se estremeció, expectante... Un segundo después sus dedos se perdieron en el triángulo de rizos negros... Cuando introdujo la yema del dedo, Lexi se tensó a su alrededor. Estaba húmeda, caliente... Volvieron a besarse. Ella le quitó la camisa y entonces enroscó los dedos alrededor de la cintura de su calzoncillo. Se lo bajó y empezó a acariciar su miembro. Él contenía el aliento y enredaba los dedos en su cabello, echándole atrás la cabeza. Lexi ya tenía los labios entreabiertos y listos para recibir la fuerza de un beso que los hizo caer sobre la cama. Lexi se encontró tumbada en la cama de repente. Franco se deshizo de los calzoncillos.

Cuando se estiró junto a ella, justo antes de ponerse encima, Lexi vio la extensión de los moratones.

—Deberíamos tomárnoslo con mucha calma —le dijo.

—Al diablo con la calma —dijo él y empezó a mordisquearle un pezón, calentándoselo con el aliento.

Después fue a por el otro y capturó la rosada aureola con hambre y desenfreno, arrancándole un grito de los labios.

—Sabes a gloria.

Ella enredó los dedos en la negra espesura de su pelo.

—Francesco... —eso fue todo lo que pudo decir a modo de respuesta.

—*Si, amore*, lo es.

Parecía a punto de reírse, pero también sonaba extrañamente serio, casi sombrío.

—¿Te acuerdas de esto? Lo bien que estamos juntos. Lo poco que nos costó perder la cabeza.

Cada una de las preguntas fue acentuada por una caricia distinta de sus manos o de sus labios. Lexi yacía sobre la cama, temblorosa, contoneándose mientras él le recorría el torso con los labios, hasta la cintura. De pronto le metió la lengua en el ombligo. Ella nunca había podido soportarlo sin volverse loca...

La miró un instante, sintiéndose poderoso. La había hecho perder el control una vez más. Soltó una risotada y siguió torturándola de nuevo. Lexi se agarró de los músculos de sus hombros y le clavó las uñas, retorciéndose debajo de él, intentando librarse de esa deliciosa tortura.

Y entonces él dejó de reírse. Volvió a apoderarse de sus labios con un beso profundo, arrebatador. Al mismo tiempo, deslizó otro dedo más hacia dentro de su sexo. Lexi podía oír los pálpitos de su propio corazón en los oídos, retumbando como el trueno. Se estaba acercando al clímax; el más extraordinario que jamás habría conocido. Desde algún rincón de su mente, podía oír la voz de Franco, lejana, tratando de apartarla del borde del precipicio, pero ya no había vuelta atrás. Olvidándose de las heridas y los moratones, le clavó las uñas en el pecho, en la espalda... Empezó a deslizar las piernas arriba y abajo, rozándole las pantorrillas. Se sentía caliente, sin aliento, totalmente gobernada por lo que sentía.

–Por favor, Franco, por favor... –se oyó decir a sí misma, besándole en la boca, en la mandíbula, en el cuello... Deslizando las manos sobre su cuerpo hasta agarrar su gloriosa erección.

–Lexi... –susurró él–. Frena un poco, *amore*.

Pero ella no quería.

–Por favor... Te he echado tanto de menos. Por favor, Franco, por favor...

Temblando, él se rindió ante sus súplicas... Reprimiendo un gruñido, se metió entre sus piernas, deslizó las manos por debajo de ella y dejó que le guiara hasta entrar en su sexo.

Un ola de gozo le hizo estremecerse al sentir cómo se cerraban los músculos de ella a su alrededor. Su miembro palpitaba de gusto. Ella volvió a abrazarle y le besó. Se perdieron en un viaje; no se negaron nada. A Lexi el orgasmo le llegó demasiado deprisa, pero Franco disfrutó con cada temblor y se aferró a ella hasta que ya no pudo hacerlo más. Entonces se dejó llevar y soltó todo lo que llevaba dentro; sus bocas estaban selladas y sus corazones palpitaban al unísono.

Fue como morir de la manera más exquisita para después despertar junto a un alma gemela. Yacieron así durante un buen rato, incapaces de moverse. Franco era un peso muerto y caliente, pero a Lexi no le importaba.

—Lexi...

—¿Mmm?

—*Accidenti, cara*, pero no me puedo mover.

—¡Los hematomas! —Lexi se movió como si la acabaran de pinchar.

Franco soltó un gemido de dolor.

—¿No te dije que debíamos tener más cuidado? ¿Qué te duele más?

Él logró levantar la cabeza para poder mirarla.

—Todo.

—¿Quieres que me levante?

—Soy demasiado pesado.

—Lo sé —dijo ella en un tono juguetón.

Él sonrió con pereza.

Pasaron varios minutos, pero al final terminaron besándose, con cuidado y suavidad... No tenían prisa. No querían separarse, ni hacerse daño.

—Me alegro de tenerla de vuelta donde tiene que estar, *signora* Tolle —le dijo Franco, besándola en la comisura de los labios—. A lo mejor no es mala idea seguir así durante el resto de nuestras vidas —le dio un pequeño empujón con la cadera para enfatizar lo que quería decir—. Alguien nos descubrirá dentro de miles de años, abrazados todavía... Y pensarán que es muy romántico.

–No creo que Zeta tarde tanto tiempo en llamar a la puerta –Lexi contestó con una pequeña risita.

Al final logró levantarse y salir de debajo de él.

–Y pensar que siempre te consideré un machote –Lexi suspiró y empezó a recoger la ropa.

–Soy un machote –dijo, observándola mientras se movía por la habitación–. ¿No acabo de cumplir con mi deber de machote, con unas cuantas costillas rotas y todo?

Lexi se detuvo un momento.

–Cuando pienso en todos esos meses que pasamos sin hacer el amor... Vaya desperdicio –dijo él.

–Bueno, si quieres verlo así, supongo que serían un gran desperdicio para ti. Pero para mí... –ella siguió recogiendo ropa–. Oírte hablar así me hace pensar que no soy más que otra aventura para ti.

Se hizo un silencio incómodo.

–Será mejor que me expliques eso.

Ella se volvió hacia él, allí tumbado, gloriosamente desnudo. Arrogante... Seguro de su belleza masculina...

–Tuvimos un romance de verano apasionado y un largo invierno de casados... –apartó la vista de nuevo–. Caliente y después frío. No creo que te dieras cuenta cuando me fui de aquí.

–Sí que me di cuenta.

–¿De pasada? ¿Mientras volvías a tu antigua vida? Dime...

Asiendo con fuerza la ropa contra su regazo, Lexi se obligó a mirarle de nuevo.

–¿Cuánto tiempo pasó antes de que te consolaras metiendo a otra mujer en tu cama?

Los ojos de Franco se oscurecieron, haciéndose impenetrables.

–No creo que este tema de conversación sea el más apropiado.

–¿Apropiado para qué?

–Estamos tratando de curar las heridas del pasado.

Pero Lexi no se sentía curada. Más bien se sentía herida, molesta por esa expresión velada.

–¿Es este otro de tus temas prohibidos, Franco? ¿No vamos a hablar del reportaje en el que hablaban de esa mujer a la que metiste en tu cama durante la convención de lanchas deportivas de Lisboa, tan solo un mes después de mi marcha? –respiró rápidamente–. Bueno, esa fue la primera de la que supo la prensa, pero eso no significa que tuviera el privilegio de ser la primera en tu cama. A lo mejor tuviste suficiente sentido común como para ser un poco más discreto con las anteriores.

–Y tú te fuiste directamente a vivir con Dayton. ¿No es así, Lexi? –a pesar del dolor que tenía en el cuerpo, se levantó de la cama y fue hacia ella, lentamente–. ¿Cuánto tiempo le llevó meterte en su cama? ¿Te estrechó entre sus brazos mientras llorabas por tu bebé y se aprovechó de la situación para llevarte a la cama? ¿Te acurrucaste contra él y te desahogaste mientras él se las ingeniaba para llevarte al huerto? –le espetó con mordacidad.

Capítulo 9

ESO ES un golpe bajo –le dijo Lexi, pálida como la leche.

–¿Eso crees? –le dijo Franco en un tono lleno de desprecio–. Eso mismo pensé yo el día que fui lo bastante estúpido como para ir a buscarte a su apartamento. Ese bastardo me lo contó todo.

–¡Eso es mentira!

–¿Lo es? –Franco le arrebató la ropa de las manos, tomó sus propias prendas y le puso el camisón en la mano con un gesto brusco–. Vete a la cama –dio media vuelta y se dirigió hacia el cuarto de baño–. A tu maldita cama.

Pero Lexi no podía moverse. Un temblor helado la tenía paralizada en el sitio.

–Bruce no mentiría sobre algo así. ¿Por qué iba a decir que pasó cuando no fue así?

–Eso es –le dijo Franco con sorna–. El bueno de Bruce jamás haría nada que no fuera en tu beneficio –se detuvo junto a la puerta del cuarto de baño–. Me enseñó las pruebas.

–¿Qué?

–Trató de ahuyentarme dándome una descripción detallada, pero como yo no me lo creía, me enseñó pruebas.

–¡Pero no puede haberte enseñado nada porque eso no pasó!

Franco se dio la vuelta de golpe. Su rostro parecía haber sido esculpido en piedra.

—Tus cosas estaban esparcidas por todo el suelo —miró el camisón que tenía en las manos—. Siempre fuiste la mujer más desordenada que he conocido. Cuando tuvimos esa aventura aquel verano en San Remo, me volvías loco porque nunca recogías nada. En el barco. En la casa que alquilamos en San Remo.

San Remo, el sitio en el que todo se había ido al traste...

—Recogió tu sujetador del suelo delante de mí. Se atrevió a... Se atrevió a mirarme a los ojos, como si fuéramos viejos amigos que intercambian un momento de complicidad, y entonces tiró el sujetador encima de una silla, donde estaba el resto de tu ropa.

—Eso nunca pasó —alegó Lexi, dando un paso hacia él.

Franco se puso tan tenso de repente que ella se detuvo.

—No me digas que no pasó porque yo lo vi —masculló Franco—. ¡Vi la maldita rana en tu almohada!

Lexi parpadeó, trató de aclararse la cabeza.

—Pero... pero era mi habitación.

—Y sus cosas estaban en el armario.

—¡Sí! ¡La ropa de Bruce estaba en el armario! Ya lo sabes, Franco... ¡Ya sabes cómo es con la ropa! Tiene que tener cien trajes de firma y doscientas camisas. Antes de quedarme en su casa, ya tenía la ropa guardada en los dos dormitorios. Solo pasé dos meses allí, ¡así que ni se molestó en quitarlo!

Se hizo el silencio. Lexi miraba a Franco fijamente.

—¿Vi... viniste a verme?

Franco bajó la vista.

—Un mes después de que te fueras —le dijo, como si le hubieran sacado una respuesta a base de tortura.

Lexi se dio cuenta de que acababa de acusarlo de haber estado con mujeres cuando en realidad sí había tratado de contactar con ella... Se estremeció.

–No estabas allí. Me dijo que estabas yendo a castings en un intento por reencauzar tu carrera. Me dijo que la llamada de Hollywood era muy fuerte... –dijo, citando las palabras de Bruce con sarcasmo–. Y me dijo que estarías mucho mejor si yo...

No hizo falta que terminara la frase. Lexi pudo hacerlo ella misma. Bruce había tratado de convencerla para que volviera a actuar. Incluso le había preparado castings con un par de directores famosos, pero ella se había negado a ir. Como todos sus intentos por devolverla a la gran pantalla habían fallado, había terminado ofreciéndole un empleo en la agencia. Y ella había aceptado. Bruce estaba decidido a mantenerla a su lado esa vez, a toda costa. Cuando se había mudado a su propio apartamento, él se lo había tomado muy mal...

–Oh, Dios mío... Él... –se tapó la boca con la mano. De repente todas las piezas del puzle encajaron en su sitio.

Unas náuseas terribles se apoderaron de ella de repente. Dio media vuelta, se dirigió hacia la puerta del dormitorio... Pero no consiguió llegar. Se desplomó junto a la cama.

Todavía parado junto a la puerta del cuarto de baño, Franco deseó no haber dicho nada. Jamás hubiera querido decirle todo aquello... Pero siempre había sentido celos de Dayton. Había visto el deseo en sus ojos el día en que lo había conocido. Sabía exactamente qué se proponía y había querido darle un puñetazo desde entonces. Lexi no supo que se había movido hasta que sintió sus manos alrededor de las muñecas, tirando de ella hasta ponerla en pie. La estrechó entre sus brazos. El vello de su pecho le hacía cosquillas en la nariz a medida que respiraba.

–No debería haber dicho nada –le dijo–. Después de la forma en que terminamos, tenías todo el derecho a rehacer tu vida como quisieras.

–Pero lo que... Lo que dices nunca pasó.

–Ahora lo sé –la atrajo hacia sí hasta apoyarle la frente sobre el pecho.

Lexi trató de secarse una lágrima que le corría por la mejilla.

–¿Por qué estaba todo el mundo en nuestra contra, Franco? ¿Qué hicimos que era tan terrible?

–Todos tenían sus propios intereses, Lexi. Dayton... Claudia... y... –suspiró–. Lo que ellos quisieran no nos tiene que importar. Lo que importa es esto –enredó los dedos en su cabello y la hizo levantar la cabeza con suavidad. Sus miradas se encontraron–. Estamos aquí, ahora, juntos, y nos ha costado llegar a este punto. A eso le llamo yo destino, y el destino les ha dado a todos una bofetada por meterse donde no tenían que meterse.

Quería verla sonreír, pero ella sacudió la cabeza.

–Hizo falta un accidente terrible, la muerte de Marco, para que llegáramos aquí. Sin ese accidente ahora estaríamos hablando a través de nuestros abogados, preparando el divorcio.

–Eso no es cierto –cuando ella trató de apartarse, Franco la abrazó con más fuerza–. Ya te dije que había decidido ir a verte antes de lo del accidente.

–¿Por qué razón? –le preguntó Lexi, encogiéndose de hombros.

–Porque me pasé los últimos tres años buscando una buena excusa para hacerlo.

Lexi se quedó sorprendida ante una confesión tan directa. Franco bajó la cabeza y la besó en los labios.

–Te he echado de menos. Seguí adelante con mi vida y eso seguramente fue bueno para el negocio, pero siempre te seguí echando de menos, añorando lo que teníamos. ¿Puedes decirme de verdad que no fue igual para ti?

Lexi no podía negarlo, pero todavía estaba demasiado molesta por lo que Bruce había hecho como para poder hacer algo más que encogerse de hombros. Franco la estrechó entre sus brazos y guardó silencio. De pronto la sintió temblar. Estaban desnudos.

—Tienes frío. Vamos. Volvamos a la cama.

—Pero has dicho...

—Ya sé lo que dije. He cambiado de idea.

—No quiero...

—No es una sugerencia.

Franco le quitó el camisón de las manos, lo estiró y se lo puso por la cabeza. Después la tomó de la mano y la llevó a la cama. Lexi se acurrucó allí y se dedicó a observarle. Él se puso los calzoncillos. Lexi no podía dejar de mirar esa parte de su anatomía. De repente empezó a sentir ese calor tan familiar que le subía por dentro.

—¿Cómo van esos moratones? –preguntó, casi sin aliento.

—Me duelen –dijo él, apagando la luz. Se tumbó a su lado–. La próxima vez apiádate de mí un poco y hazme todo el trabajo.

—Parecía que a ti se te daba muy bien –Lexi no pudo resistirse a deslizar los dedos por su pecho al tiempo que él los cubría a los dos con las mantas.

Franco se apoyó en un codo y la miró en la oscuridad. Los ojos le brillaban y se estaba mordiendo el labio inferior.

—Eres una golosa.

Lexi se rio, sonrojándose.

—Bueno, si crees que no vas a poder dar la talla...

Sin previo aviso, la agarró de las muñecas y giró sobre sí mismo hasta quedar boca arriba. Lexi quedó de rodillas a su lado. A pesar de todas esas heridas, tenía más fuerza en los brazos de lo que Lexi hubiera podido imaginar.

—De acuerdo, *bella mia*. Toma lo que quieras. Soy todo tuyo.

Cuatro días más tarde, Lexi estaba sentada en el borde de la piscina, mordiéndose el labio inferior mientras observaba a Franco. Él estaba nadando de un lado a otro de la piscina. El sol acariciaba su espalda brillante y bronceada.

El funeral de Marco era al día siguiente. Llevaban cuatro días de maravilla. Desde aquella noche parecía que habían recuperado esa vieja armonía, sin tocar ningún tema espinoso... Pero la situación no podía continuar. Tenía que salir a comprar algo de ropa apropiada para el sepelio, pero la única vez que se había atrevido a pedirle un coche para ir a Livorno, él le había dicho que le pidiera a Zeta lo que necesitara, y después había cambiado de tema.

Su padre tenía que llegar ese día. Le había oído hablar de ello por teléfono, en el mismo tono hermético que había usado para decirle lo de Zeta. Llevaba todos esos días sin hablar con nadie; Zeta y Pietro contestaban a todas las llamadas de la gente.

—Franco... —le dijo cuando él nadó hasta el borde de la piscina.

—¿Qué? —dijo él, echando a nadar de nuevo.

Era toda una demostración de arrogancia. Llevaba quince minutos surcando el agua sin parar y todavía no parecía cansado. Los hematomas ya se habían disuelto en su tez dorada y la herida del muslo no era más que una fina línea violácea.

Cuando volvió a pasar por su lado, Lexi se metió en

el agua en el momento en el que él se sumergía y se le metió delante cuando iba a tocar el borde. Él la agarró de la cintura y la levantó, emergiendo del agua como Neptuno.

–Mmm, creo que acabo de capturar a una sirena de verdad.

–Vaya cursilada has dicho –Lexi ladeó la cabeza, lejos de su alcance–. Tenemos que hablar de... de mañana.

–A ti te gustan las cursiladas –le dijo él, capturando sus labios con un beso sensual y perezoso–. Te gusta dar paseos a la luz de la luna, caminar de la mano... Una cursilada romántica, *cara*.

–Tenemos que hablar de mañana, Francesco.

La expresión de Franco cambió, se volvió tensa.

–Por favor, escúchame –le dijo ella, sujetándole el rostro con ambas manos–. No puedes seguir ignorando el hecho de que Marco va a ser enterrado mañana. Toda la gente a la que has estado evitando desde el accidente va a estar allí.

–Sí que puedo seguir ignorando el hecho –dijo Franco, frunciendo el ceño.

–Bueno, entonces soy yo quien no puede permitirse seguir ignorándolo –Lexi cambió de táctica–. Tengo que comprarme algo para el funeral. Necesito saber qué quieres que diga cuando me pregunten por nosotros.

–No vas a ir –abrió los brazos y la apoyó en el suelo de nuevo.

–¡Sí que voy!

–Te quedas aquí.

Estaba a punto de meterse en el agua, pero Lexi le agarró el brazo.

–No es tu decisión. Marco también era mi amigo. ¡Me caía bien!

Echando a un lado su mano, Franco se dio la vuelta y echó a nadar.

Frustrada y molesta, Lexi salió de la piscina, agarró una toalla y se envolvió con ella. Echó a andar hacia la casa. Entró por la parte de atrás y se dirigió hacia la cocina. Pietro estaba allí, tomando un aperitivo a media mañana. Le preguntó si le importaría llevarla a Livorno.

El esposo de Zeta no podía negarse, pero, a juzgar por la expresión de su rostro, era fácil adivinar que la idea no le hacía mucha gracia. Al verle mirar más allá de su hombro derecho, Lexi supo por qué estaba tan serio. Franco estaba a unos metros de distancia, detrás de ella. Lexi se volvió de golpe. Apretó los labios, le pasó por delante y se dirigió hacia las escaleras. Si era preciso, llamaría a un taxi.

Mientras buscaba algo que ponerse, sintió la presencia de Franco, parado junto a la puerta del dormitorio. Era la habitación contigua a la que llevaban días compartiendo.

—Ya no voy a jugar más a este juego –anunció ella, mirándole–. Ya te he dejado salirte con la tuya durante mucho tiempo.

—Lo sé.

—Hace días me aseguraste que no ibas a hacer ninguna estupidez, así que ya puedes dejar esas tácticas de bloqueo.

Lexi se dio la vuelta de golpe y entonces tuvo que contener la respiración. Él estaba allí parado, con un bañador de cintura muy baja y una toalla alrededor del cuello. Se parecía tanto al Franco que había conocido aquel verano...

Él se encogió de hombros.

—No soportas a ninguno de los que van a estar allí.

—No voy a presentarles mis condolencias a ellos.

—Presiento que, más que un funeral, va a ser un circo. La prensa estará acechando desde todos los rincones, y además tendrías que soportar a Claudia.

–Puedo soportar a cualquiera cuando sé que tengo que hacerlo –dijo Lexi en un tono tenso–. Y ya la soporté sin problema cuando se presentó aquí y me la encontré en tu regazo, llorando desconsoladamente. Soy consciente de que ella también ha perdido a su hermano. Se te olvida que yo también he estado ahí. Perdí a mi madre no hace mucho. Sé lo que sientes cuando pierdes a un ser querido.

–Muy bien... –Franco se movió. Se quitó la toalla del cuello y empezó a secarse el pelo–. No te quiero allí.

Lexi sintió que sus palabras se le clavaban en el corazón.

–¿Es que te avergüenzas de mí o algo así?

Él no contestó y el silencio resultó tan afilado como la hoja de un estilete. Lexi se volvió hacia el armario y escogió la primera prenda que tocó. Los dedos le temblaban. La falda se le cayó de la percha y tuvo que agacharse para recogerla.

–No se trata de vergüenza, Lexi. Solo quiero protegerte de cualquier cotilleo cruel que pueda surgir.

Lexi pensó que aquella explicación llegaba demasiado tarde. Aquello no tenía sentido a no ser que...

–¿Cotilleos sobre ti y esas otras mujeres? Bueno, como pusiste ese tema en la lista negra, al igual que todo y todos los demás, déjame decirte, Franco, que yo sí que tengo imaginación. ¡Y ya se me ha ocurrido pensar que seguramente muchas de las mujeres que estarán allí te conocen mejor que Claudia y que yo!

–Maldita sea. ¡No es eso lo que quería decir!

–Bueno, pues entonces intenta explicarte mejor. Porque todo lo que has hecho desde que yo regresé a Italia es lanzarme estos mensajes crípticos, así que... ¿Cómo voy a saber lo que quieres decir? Oh, sí que recuerdo que fuiste muy elocuente sobre mi relación con Bruce.

–No le metas en esto –dijo Franco, cada vez más irritado–. Hay algo que tengo que decirte, pero he hecho todo lo posible por esperar hasta después del funeral. El caso es que no sé cuánta gente más lo sabe, así que no quiero que te vayas a asustar.

–Bueno, termina de una vez y dímelo.

–No.

–¿Por qué?

–¡Porque quiero esperar! Maldita sea –Franco perdió tanto la compostura que Lexi parpadeó, anonadada–. *Santa cielo...* –Franco levantó las manos al cielo–. ¿Es que no podemos pasar este día sin atacarnos? ¿Por qué no confías en mí por una vez? ¿Es mucho pedir que me apoyes durante un día más?

Estaba hablando de Marco. Al final Lexi se dio cuenta de que tenía algo que ver con su mejor amigo.

–Muy bien. No volveré a preguntar hasta que estés listo para contármelo todo.

Por alguna razón, su promesa no pareció alegrarle.

–Puedes venir al funeral si es eso lo que quieres. Pero te digo una cosa, Lexi, si te apartas de mi lado un segundo, haré algo de lo que nos arrepentiremos los dos, ¿lo entiendes?

Lexi quería preguntarle por qué había cambiado de idea, pero al sentir la tensión que manaba de su cuerpo, apretó los labios y se limitó a asentir.

Una hora más tarde llegó un coche con un conjunto de vestidos apropiados para un funeral. Franco se había encerrado en su estudio, y no volvió a verle durante el resto del día. Era como si la estuviera castigando por plantarle cara y arruinar la felicidad que tanto les había costado conseguir. Cuando volvieron a verse, Salvatore ya había llegado.

La cena transcurrió en un ambiente de tensión. Los dos hombres se levantaron de la mesa en cuanto terminaron de comer y se encerraron en el estudio, para hablar de negocios... O eso suponía Lexi... Esa noche durmió en la habitación de al lado. Franco tardaba mucho en volver, así que decidió irse al suyo propio. Se figuró que querría estar solo.

Pero la convicción no le duró mucho. En mitad de la noche, tras pasar varias horas en vilo, ya no pudo resistir más la tentación que la carcomía desde el momento en que había oído la puerta del dormitorio de al lado. Se levantó de puntillas y se coló en su cama.

Él estaba despierto, pero no era ninguna sorpresa.

–Shh –susurró antes de que él pudiera decirle nada–. No tienes que hablar. Solo necesitaba abrazarte.

Y él la dejó hacerlo...

Capítulo 10

TODO el mundo fue a llorar a Marco. Cientos de personas abarrotaban la puerta de la iglesia. Siempre había sido muy querido y todos lamentaban mucho que hubiera tenido una muerte tan trágica a una edad tan temprana. Lexi estaba parada junto a Franco. Su padre estaba al otro lado. Detrás estaba el equipo completo de White Streak, todos vestidos de negro... Lexi apenas los había reconocido al llegar a la iglesia. Uno a uno se habían acercado a Franco para darle sus condolencias, y le habían lanzado miradas curiosas a Lexi. Delante de ellos estaba la familia Clemente. La madre de Marco y su padre, su hermana Claudia y el resto de parientes. Todos estaban muy afectados, pero ninguno quería dejar de mostrarle su apoyo a Franco por la pérdida de su mejor amigo. Al llegar a la iglesia, la madre de Marco se había arrojado sobre el pecho de Franco, llorando desconsoladamente. Él la había sujetado con fuerza, murmurando palabras de consuelo.

Pero también le había dejado claro a Lexi que aquella situación era demasiado para él.

La culpa del superviviente... Ella sabía que él no quería la compasión de nadie, pero no tenía más remedio que aceptarla. A medida que el sepelio se dilataba, podía sentir la tensión que manaba de él. Parecía que en cualquier momento iba a dar media vuelta y se iba a marchar sin decir ni una palabra. Fue el padre de Marco quien finalmente se volvió hacia él y le invitó a decir unas palabras por su difunto hijo. Franco debía de estar esperando algo así. Nada más ver el gesto del padre de Marco, se levantó de su banco y se dirigió hacia el altar sin la más mínima vacilación. Habló en un tono tranquilo y grave sobre su amigo Marco, comentó recuerdos memorables... Incluso Salvatore se conmovió.

Después de la misa, se dirigieron al cementerio, pero el día no terminó ahí. Más tarde fueron a la finca de los Clemente, llena de hermosos viñedos y de *cascina*.

–¿Estás bien? –se atrevió a preguntarle a Franco. Iban en el coche de Salvatore. Este estaba a su lado.

–Sí –contestó, pero eso fue todo lo que dijo.

–Lo has hecho bien, Francesco –dijo Salvatore–. Estoy orgulloso de ti.

Esa vez Franco guardó silencio. ¿Qué podía decir? Aquello no había acabado todavía... Tenían un velatorio al que asistir, tiempo de relajarse y de socializarse. Pero lo único que él quería en realidad era decirle a Pietro que diera la vuelta y se dirigiera de vuelta a Monfalcone.

Logró aguantar la primera hora evitando a la gente que conocía a Lexi de aquel verano. Todos estaban allí, la panda de oro, como ella misma solía llamarles. La mayoría seguían siendo amigos suyos, pero por suerte parecían dispuestos a mantener la distancia y a respetar su momento de duelo. Debían de sentir curiosidad por Lexi, no obstante... Era evidente... Y seguramente también se sentirían un poco incómodos, porque ninguno la había tratado demasiado bien. Incluso Claudia mantenía las distancias, lo cual era de lo más divertido.

Lexi y él tomaban aperitivos de las bandejas que pasaban los camareros, hablaban cuando era necesario... Y de pronto ya no pudo soportarlo más. Estaba de pie, con Lexi a su lado, cuando pasó, hablando con un abogado amigo suyo. Por el rabillo del ojo vio que Claudia se dirigía hacia ellos y entonces supo que no podría ser agradable con ella, por mucho que ese día debieran dejar a un lado todas las diferencias personales. Se disculpó abruptamente, agarró a Lexi de la mano y salió a la terraza. No se detuvo hasta dejar atrás a la mayoría de la gente. No sabía por qué, pero de repente tenía mucho calor y su corazón retumbaba. Inclinó un hombro contra una de las columnas y soltó la mano de Lexi para poder aflojarse la corbata y desabrocharse un par de botones de la camisa. Respiró hondo.

–¿Te encuentras bien? –Lexi sintió una gran preocupación. Parecía que se iba a desmayar en cualquier momento.

–Bien... Es que hace calor y...

–No parece que estés caliente –le dijo ella, tocándole la mejilla–. Estás helado.

–Por dentro no. ¿Cuánto tiempo más tenemos que quedarnos?

Lexi se sorprendió de que le hiciera esa pregunta. Miró hacia los jardines, y más allá. Las líneas de los viñedos se extendían hasta el horizonte.

–Tú eres el jefe –le dijo ella, recordándole que no le había dado oportunidad de hablar con nadie. Cada vez que se alejaba un poco, se lo encontraba a su lado unos segundos después–. Yo no soy más que tu compinche.

Él esbozó una sonrisa lenta que la hizo derretirse por dentro.

–Tú eres la mandona en este matrimonio. Tiraste a todos mis amigos de mi barco cuando te cansaste de ellos. Me sacaste de todos los pubs y discotecas sin siquiera preguntarme si estaba listo para irme. Incluso te pusiste a flirtear con todos los que te pasaban por delante y me echaste la bronca cuando me atreví a quejarme.

Lexi se sonrojó.

–No me extraña que les cayera tan mal a tus amigos.

–Vaya tontería –se echó a reír–. Los chicos, por lo menos, estaban fascinados y sentían celos de mí. Estaban deseando que te los llevaras en vez de a mí.

Lexi bajó la vista.

–Pero yo no los quería.

–Lo sé.

–Y, si fui un poco mandona contigo, no recuerdo que pusieras mucha resistencia.

–Eso es porque no quería resistirme. Me gustaba que llevaras la voz cantante y que me llevaras de compinche, *bella mia*.

–Entonces te estás vengando de mí –Lexi sonrió.

–No. Hoy es día de honrar a Marco –le dijo, repentinamente serio–. Hay que pasar por esto y... –se detuvo, tragó en seco y entonces hizo un gesto con una mano–. Salgamos de aquí.

Sin darle tiempo a reaccionar, la agarró de la mano y echó a andar por la terraza a toda velocidad; tan rápido que Lexi apenas podía seguirle.

–Pero ¿adónde vamos?

–Vamos al frente de la casa. Pietro nos llevará de vuelta.

–Pero no podemos irnos así como así, sin decírselo a nadie. No quedaría bien... ¿Y qué pasa con tu padre? ¡Franco! –suspiró al ver que él seguía adelante–. ¿Quieres parar y escucharme?

Pero él no lo hizo. En cuestión de minutos estaban en la parte de atrás del coche de Salvatore, huyendo de la finca de los Clemente. Pietro conducía, sorprendido.

–Pietro volverá a por mi padre –dijo Franco antes de que Lexi le repitiera la pregunta–. Estamos a media hora.

–Pero... te acabas de ir del sepelio de Marco –dijo Lexi, sin poder creérselo todavía.

Él no hizo ningún comentario y permaneció en silencio durante el resto del viaje. Su mirada era tan seria y sombría que hasta el mismísimo Pietro pareció preocuparse.

El coche se detuvo frente a la puerta principal. Franco bajó rápidamente y fue a abrirle la puerta del vehículo. La agarró del brazo y la ayudó a salir.

—Muy bien, haremos lo siguiente —le dijo por fin cuando entraron en la casa—. Haz la maleta, mete ropa ligera, informal, y yo voy a buscar a Zeta. Te veo aquí dentro de quince minutos.

—Pero... ¿Adónde voy ahora? —le gritó Lexi, viéndole alejarse rumbo a la cocina.

—Nos vamos por unos días. Quince minutos, Lexi, o vienes tal y como estás.

Lexi se le quedó mirando, perpleja. A lo mejor debía llamar al doctor Cavelli y pedirle consejo... Franco regresó poco después y se la encontró allí, pálida como la leche y ansiosa.

—¿Has decidido venir así? —le preguntó, soltando un suspiro.

Aquello era un desafío y una amenaza al mismo tiempo, pero algo le decía que ese era el verdadero Franco, decidido, desenfadado, el que nunca perdía el tiempo dando explicaciones. No estaba loco. Era firme.

—Si voy contigo, será mejor que no vuelvas a perder la cabeza, ¡porque no me va a hacer ninguna gracia! —le espetó, ansiosa.

—No estoy loco —le dijo él de forma incisiva—. ¿Vienes?

—Claro que voy —Lexi echó a andar hacia las escaleras.

—Diez minutos, Lexi.

—Maldito seas, Franco.

Poco menos de diez minutos más tarde estaba de

vuelta en el vestíbulo, con unos vaqueros, unas sandalias y un bolso de fin de semana, lleno de cosas. Él también se había cambiado y la estaba esperando. Salieron
fuera. Su Ferrari rojo estaba aparcado frente a la casa,
brillando bajo el sol.

—No puedes conducir hasta dentro de una semana.
Es una de las cosas que está en la lista que te trajiste del
hospital.

Franco le lanzó las llaves, le quitó el bolso de las
manos y fue a meterlo todo en el maletero.

Anonadada, Lexi se le quedó mirando mientras subía al vehículo por el lado del acompañante. ¿Acaso esperaba que condujera un coche como ese? Respirando
hondo, se puso al volante.

Franco le tiró encima unas gafas de sol. Se le caían
un poco en la nariz, porque la montura era un poco pe-
sada, pero no se atrevió a decir nada. A continuación le
indicó cómo regular el asiento, cómo arrancar esa bestia
de motor... Lexi echó a andar, temerosa al principio,
pero no tardó en darse cuenta de que el coche iba como
la seda. Cuando pasaron por delante del lugar donde
ella había estrellado su viejo coche, la tensión se mas-
caba en el ambiente.

—Ahora que has vuelto, voy a hacer que pongan un
seto delante de ese agujero. Y el próximo coche que te
compre será un todoterreno.

Lexi se atrevió a mirarle un instante y vio que estaba
muy pálido.

—No perdí el bebé porque me caí en un agujero. Y lo
sabes.

—Nunca lo sabremos con certeza.

—Sí que lo sabemos —dijo ella, insistiendo—. Perdí el
bebé porque hubo un problema con la placenta. A veces
pasa, *caro*...

Al oír esa palabra, Franco se volvió hacia ella. Era

la primera vez que usaba un apelativo tan cariñoso. La miraba tan intensamente que Lexi tuvo que aflojar el pie del acelerador.

—Bueno, pondré el seto de todos modos.

Lexi miró al frente y se concentró en la carretera, preguntándose si la tensión sexual era mala para la salud... La cabeza empezaba a darle vueltas. Atravesó el estrecho puente con sumo cuidado, el ceño fruncido.

—Te empeñas en hablar de nosotros como si realmente volviéramos a estar juntos, pero eso no es lo que acordamos —le recordó, contenta de no haberle hecho ningún arañazo al coche.

—¿Entonces sigo en período de prueba? ¿Es eso lo que me estás diciendo?

¿Era eso lo que le estaba diciendo? Lexi pensó en ello un segundo.

—Nuestro matrimonio está a prueba.

Llegaron a la intersección que enlazaba con la carretera principal.

—¿Por dónde? —le preguntó Lexi.

—Nos vamos a Livorno.

—¿A tu apartamento?

—Vamos a los muelles Tolle.

Lexi explotó.

—Ni hablar. ¡No vamos a acercarnos a la chatarra de esa estúpida superlancha, Francesco!

—¿Y quién te ha dicho que quiero ver al *White Streak*? —exclamó él, sorprendido.

—¿Entonces por qué quieres ir allí?

—Porque... El *Miranda* está allí.

—¿Todavía tienes el *Miranda*?

—Listo para navegar —asintió—. Vamos a sacarlo a pasear. Llámame cuando necesites que te guíe —le dijo y se estiró en el asiento. Cerró los ojos.

Lexi se mordió el labio inferior con fuerza. El *Mi-*

randa... Habían pasado los mejores momentos de aquel verano en ese barco, navegando por la costa francesa e italiana junto a una pequeña flota de lanchas y yates en los que iban sus amigos, ni muy cerca ni muy lejos.

–Pensaba que a estas alturas ya te habrías construido un yate más grande y más potente.

–Sí. Lo he hecho –dijo él, sin abrir los ojos–. Pero el *Miranda* es especial.

Mientras conducía rumbo a Livorno, Lexi se vio a sí misma como aquel día en que la había invitado a pasar el día en el *Miranda*. Llevaba un diminuto biquini rojo con un pareo rojo y ceñido alrededor de la cintura. Sentía tanta vergüenza que apenas se atrevía a mirarle a los ojos. La emoción de estar a solas con él por primera vez la había abrumado de tal manera... Temblaba por dentro, se le cortaba el aliento, se sonrojaba...

–Gracias –le había dicho, subiendo a bordo–. ¿Do... dónde puedo dejar esto? –en aquel bolso de lona llevaba todo lo que había creído apropiado para pasar un día navegando.

–Déjame a mí –le había dicho Franco, quitándole el bolso del hombro y llevándolo hacia el mamparo que daba acceso al espacio que había debajo, fuera lo que fuera.

Lexi había tratado de mirar un poco, pero él había subido rápidamente, obligándola a echarse atrás.

–Eres caprichosa –le dijo, frunciendo el ceño–. No me tienes miedo, ¿verdad?

–Claro que no –contestó ella con firmeza.

Él señaló el asiento de cuero color crema que abrazaba la cubierta.

–Entonces siéntate y relájate.

Lexi recordaba haberlo hecho, y también recordaba haber pensado...

«Claudia Clemente me va a matar cuando se entere de esto...».

Incluso entonces ya sabía que Claudia estaba detrás de Franco...

De vuelta al presente, Lexi giró hacia la calle que llevaba a los muelles Tolle. Por aquel entonces, no sabía la clase de enemiga que se estaba ganando. Había salido a pasar un día en el mar con Francesco Tolle y se había convertido en su amante antes de regresar a Cannes.

—Rápido —dijo.

—*Scuzi?*

—Tú. En nuestra primera cita me llevaste a navegar, pero no recuerdo que navegáramos mucho. Me tuviste en la cama en un abrir y cerrar de ojos.

—Dos horas y veinte minutos. Lo estaba contando... Para delante de las puertas, justo ahí —se incorporó—. Creo que fui muy paciente.

—Con una apuesta sobre la mesa, no me extraña.

—Lexi, sabes que no hice el amor contigo por una estúpida apuesta —Franco suspiró, irritado.

Lexi detuvo el vehículo frente a las puertas. Un guardia de seguridad se acercó a ellos. Se tocó la sien, a modo de saludo, y sonrió al ver a Lexi al volante. Abrió.

—Este lugar es enorme —dijo Lexi, echándose un poco adelante para ver mejor.

Nunca antes había estado allí, y no hacía más que torcer el cuello a la derecha y a la izquierda.

—¿No te pierdes nunca?

—Nunca —dijo Franco—. Gira a la izquierda a la próxima. Por ahí vamos a mi puerto deportivo.

Lexi hizo una mueca al oír la última palabra. Puerto privado...

—¿Dónde están las oficinas? —le preguntó.

Hubo una pausa y entonces él contestó.

—A unos cinco kilómetros en la otra dirección, *cara*.

No tienes ni idea de la familia en la que te has metido, ¿verdad?

–Construís barcos grandes –le dijo Lexi.

–Ah, sí –dijo Franco en un tono burlón–. A veces incluso construimos algunos pequeños... Y ahí está...

Al ver aquel yate tan blanco y resplandeciente a la luz del sol, Lexi sintió un nudo en la garganta. Había otros barcos en el puerto; algunos de ellos impresionantes, pero Lexi solo tenía ojos para el *Miranda*.

–Está intacto, perfecto.

Fue como toparse con un viejo amigo cuando menos lo esperas. Lexi se rio para sí. Detuvo el coche y bajó. Subió al *Miranda* sin pensárselo dos veces y miró a su alrededor.

Mientras sacaba las cosas del coche, Franco la vio sonreír. Por lo menos aún le quedaban buenos recuerdos del *Miranda*, y no quería arruinárselos.

–Toma –le dijo, lanzándole las bolsas una a una.

Ella las puso sobre la cubierta.

–Mete esto en la galera y yo me ocupo de lo demás –añadió Franco, entregándole la bolsa de comestibles fríos.

Salió caminando con el resto de bolsas en la mano. Lexi le siguió y bajó los estrechos peldaños que conducían al nivel inferior. Nada había cambiado. La misma madera, el mismo olor a barniz fresco... Una mesa que también hacía la función de cama abarcaba la mayor parte del espacio junto a la diminuta cocina. En las paredes estaban las cartas náuticas de siempre. Mientras Franco caminaba hacia el otro lado del barco, Lexi puso la bolsa de frío sobre la pequeña encimera y se inclinó para abrir la puerta de la nevera.

–Voy a encender el motor –le dijo, pasando por su lado de nuevo–. Ven a reunirte conmigo en la cubierta cuando termines.

Desapareció. Y Lexi se quedó mirando la nevera. Estaba funcionando, y bien abastecida. Debía de haber planeado ese viaje mucho antes... El motor arrancó y Lexi se apresuró a meter las comidas preparadas de Zeta en el frigorífico. Después volvió a la cubierta. Franco estaba junto al timón, con la cabeza ladeada, escuchando el ronroneo suave del yate.

–Alguien ha llenado de comida la nevera. ¿Cuánto tiempo llevas planeando este viaje?

–Ven un momento y ocúpate del timón. Tengo que soltar amarras.

Se marchó sin contestar a su pregunta. Lexi agarró la rueda de aluminio, firme y fría, y le observó mientras recogía el cabo.

El *Miranda* empezó a deslizarse sobre el agua.

–Muy bien. Afloja un poco el estrangulador.

–No –dijo ella–. Ven tú y lo haces. No he vuelto a estar en un barco desde la última vez que estuve en este. ¡Ya no sé qué hacer!

–Sí que lo sabes –fue hacia ella y se paró justo detrás–. Mira al frente y afloja un poco el estrangulador... El médico me ha dicho que yo no puedo hacerlo, ¿recuerdas?

–Oh... ¿En el mar también?

–No sé. Pero, ya que fuiste tú quien sacó el tema por primera vez, ahora tienes que ocuparte de todo. Sácanos de aquí para que podamos aprovechar el viento y desplegar las velas.

Era imposible discutir... Lexi sintió que le habían dado de su propia medicina. Mordiéndose el labio, agarró el timón con una mano y con la otra asió el estrangulador. El estómago se le revolvió un poco cuando el motor tomó el control y el barco salió adelante.

Echándose atrás el pelo, Lexi se concentró en atravesar el espacio entre los dos rompeolas... Los ojos le escocían, pero no le importaba. Había olvidado lo largo que era el *Miranda*, lo sensible que era a cualquier giro del timón.

—Ni se te ocurra alejarte de mí —le advirtió ella en un tono de tensión.

—Estoy aquí —la agarró de la cintura—. Llévanos hacia mar abierto, *cara*. Disfrútalo.

Franco se alegró de que Lexi no pudiera verle la cara, pues ya no podía soportarlo más. Había guardado silencio durante demasiado tiempo... En cuanto encontraran un lugar donde se pudiera echar el ancla, donde ella no pudiera saltar al agua, se lo diría todo. No se hablaba mal de los muertos... Eso decían los italianos... Y él lo había cumplido al pie de la letra. Lo había hecho por respeto, y porque también había necesitado tiempo para que Lexi volviera a confiar en él.

—Estamos llegando a los rompeolas —susurró ella, como si fuera el comienzo de una aventura fabulosa.

Franco se acercó más.

—Va como la seda, *cara*. Prepárate para sentir la diferencia entre las aguas calmas del puerto y el primer golpe del océano irreverente.

—¿En qué dirección iremos?

—No tengo ni idea.

—Entonces nos dirigimos hacia... ¿La puesta de sol? ¿Vamos a huir al igual que huimos del funeral de Marco?

—Concéntrate en lo que estás haciendo.

—¿Por qué te empeñas en irte por la tangente cuando te pregunto algo? —le espetó Lexi, frustrada—. Antes no eras así. Eras un tipo abierto, con quien se podía hablar.

—Sigo locamente enamorado de ti. ¿Te parezco abierto ahora?

Lexi estuvo a punto de chocar contra los rompeolas.

Franco se vio obligado a poner las manos sobre las suyas encima del timón, para guiar al *Miranda* por un camino seguro. Podía sentir cómo temblaba... El golpe del mar no se hizo esperar. Franco tomó el control. Lexi seguía atrapada entre el timón y él. El viento le agitó el cabello y se lo echó atrás sobre los hombros. Él bajó la vista y vio que ella estaba muy pálida.

—¿Nada que decir? —le preguntó—. La señorita ha dejado de hablar por fin.

—¡Podría habernos matado a los dos!

—Es que se me da muy bien llevar a la gente al borde del asesinato.

Aquel comentario directo la golpeó como un puño en el estómago. Lexi se giró y se volvió hacia él.

—No mataste a Marco.

—¿Crees que no? —la miró un instante. Fue una mirada cínica—. Tú no estabas allí. No sabes lo que pasó.

—Fue un accidente. Disteis con unas turbulencias y...

—Es hora de subir el velamen.

—¡Deja de hacer eso! —apretó el puño y le golpeó en el pecho. Él hizo una mueca—. Lo siento —le puso la palma de la mano sobre la zona en que le había golpeado—. Pero tienes que dejar de excluirme.

—Lo sé —suspiró—. Solo quiero que sepas de dónde vengo antes de dejar de hacerlo.

—¿Qué es lo que te resulta tan difícil decirme, Franco? ¿Qué es eso que es peor que cualquier cosa que nos hayamos dicho hasta ahora?

Él bajó la vista y arrugó los párpados para protegerse del reflejo del sol sobre el agua. Ella sintió cómo se le levantaba el pecho y bajaba bajo la palma de su mano. Él entreabrió los labios y miró hacia el horizonte.

—Creo que Marco quería matarse —tragó con dificultad.

Demasiado conmocionada como para poder responder, Lexi tardó unos segundos en reaccionar.

–No. No digas cosas así, por favor –dijo finalmente.

–O a lo mejor quería matarme a mí y le salió mal la cosa... –soltó una risotada tensa.

–Por Dios, Franco. ¿Por qué ibas a sospechar algo así? ¡Era tu amigo!

–No. No lo era. Mira... –suspiró de nuevo–. ¿Podemos terminar con esto más tarde? Necesito encontrar un sitio para echar el ancla. No querrás arriesgarte a terminar como Marco...

Esa vez no estaba tratando de irse por la tangente. Lexi notaba la diferencia en su voz. Realmente estaba haciendo un esfuerzo por concentrarse.

–¿Quieres que suba las velas? –le preguntó, esbozando una sonrisa tensa.

–Lo que quiero es que seas maravillosamente impulsiva, tal y como solías ser... Que me agarres, me beses y me digas lo mucho que me quieres. Pero supongo que no...

–Muy bien. Te quiero, ¿de acuerdo? Pero deja de... deja de pensar cosas horribles.

–Luego te vas a arrepentir de haber dicho algo así.

–No, no me voy a arrepentir, porque no soy yo el loco que anda por aquí. Porque no puedo pensar en otro motivo para soportar lo que he tenido que soportar esta semana. Debo de quererte todavía.

–Silenciada por el médico, atada a mi cama, manipulada por mi padre para que te quedaras conmigo... Ahora te tengo atrapada en el *Miranda* en medio del océano, así que no tienes escapatoria –le dijo Franco en un tono irónico.

–Gracias por disculparte –murmuró Lexi–. ¿Voy a subir las velas ahora?

–No hace falta –dijo Franco–. He visto un sitio donde podemos echar el ancla.

A medida que el barco viraba hacia tierra firme, Lexi

giró entre sus brazos y vio los acantilados que se alzaban ante ellos; una vista espectacular. El color del océano se hizo más verde y oscuro a medida que se adentraban en una pequeña cala recortada en la roca. Franco paró el motor, le dio instrucciones para que se hiciera cargo del timón y fue a echar el ancla.

Un profundo silencio se apoderó de todo de repente. El *Miranda* se mecía suavemente bajo los pies de Lexi. Observó a Franco, dirigiéndose hacia ella. Él se detuvo de repente. A pesar del sol, que caía a plomo sobre ellos, Lexi sintió un escalofrío al mirarle a la cara.

–Muy bien. Aquí está–. Marco dejó de ser mi amigo en San Remo, cuando me dijo que se había acostado contigo la noche en que tuve que dejarte sola para ocuparme de unos negocios en Milán.

Capítulo 11

FRANCO contempló el rostro de Lexi y vio exactamente lo que quería ver. Primero fue el ceño fruncido, confusión, después la sorpresa, la pregunta... Él esperaba la pregunta.

–¿Le creíste?

–Sí.

–Pero ¿por qué?... Era lo más cercano que tenías a un hermano. Yo solo era una distracción de verano que se complicó con un estúpido embarazo.

–Me lo dijo antes de que supieras que estabas embarazada.

Lexi bajó la cabeza y cerró los ojos. Recordó el cambio que había dado Franco en aquella época, volviéndose frío con ella. Respiró hondo.

–Pensaste que el bebé era de Marco.

–Pensé que podía ser posible. Sí –le dijo, mesándose el cabello–. Siempre había sido tan dulce contigo. Tenía sentido.

–¿Le contaste tu sospecha?

–No.

–¿Por qué no? Si creías que me había acostado con él, que llevaba a su hijo en mi vientre, ¿por qué no se lo dijiste? ¿Por qué ibas a cargar con esa responsabilidad?

–Tú me necesitabas a mí, no a él.

–¡Oh, bueno, gracias por ser tan noble, Franco! ¡Gracias por casarte conmigo y por convertir esos cuatro meses siguientes en los peores días de mi vida!

No podía discutirle eso. Era cierto que se había casado con ella y que le había hecho la vida un infierno. No quería estar cerca de ella, pero tampoco quería que ningún otro hombre estuviera cerca, sobre todo Marco.

—Estaba enamorado de ti.

—Oh, no me vengas con eso —le dijo Lexi, temblando de rabia—. Yo era la apuesta que todos queríais ganar ese verano. ¡Lo bien que os lo pasasteis a mi costa!

—Empezó así —admitió él finalmente—. Pero solo duró hasta que empecé a conocerte.

—Hasta que me metiste en tu cama, querrás decir.

—No —dijo él, negándolo.

—¡Sí! —dijo Lexi, insistiendo. Bajó los peldaños y fue hacia la galera. Tenía miedo de marearse. Oyó los pasos de Franco justo detrás.

—No sé cómo pudiste vivir con ello después —le dijo con furia al tiempo que sacaba una botella de agua de la nevera. Estaba temblando, blanca como la leche, y odiándole.

—No pude.

Se volvió hacia él rápidamente. También odiaba verle tan tranquilo e impasible, como si la cosa no fuera con él, mientras ella se rompía en mil pedazos.

—¿Cómo es que yo me llevé todo el castigo mientras que Marco siguió siendo tu mejor amigo? —le espetó—. ¡Hicimos falta los dos para engañarte!

—Te lo dije. Dejó de ser mi amigo.

—¿Entonces esa historia de que te llevó a casa y te metió en la cama la noche en que yo perdí el bebé era mentira?

—Bueno, no se te escapa una, para estar como estás —le dijo, sonriendo—. Lexi... —le dijo, levantando una mano.

—No te atrevas a decir mi nombre como si quisieras disculparte.

—Nos encontramos por casualidad en el bar donde yo

estaba. No quedamos en vernos allí –decidido a seguir adelante con la historia, Franco ignoró la forma en que ella le dio la espalda–. Cuando le vi, quise golpearle, pero estaba demasiado borracho, y fallé. Me caí al suelo y me desmayé. Marco me recogió y me llevó de vuelta al apartamento. No recuerdo nada más después de caer en la cama.

–La pobre Claudia vio cómo su deseo de dormir contigo se hacía realidad, y no le importó que estuvieras casi en coma –volvió a darse la vuelta–. ¿Es así como piensas contarlo?

–Solo así podía pasar, porque yo nunca sentí nada por ella... Por lo menos, nada sexual. Dime algo. ¿Estaba desnudo?

Apretando los labios, Lexi se apoyó contra la pared y bajó la vista. Guardó silencio.

–Pregunto porque a la mañana siguiente me desperté con la cabeza adolorida, con los vaqueros puestos.

–Pero no llevabas camiseta –susurró ella. En el vídeo solo lo había visto de la mitad para arriba; su piel bronceada contra las sábanas. Claudia estaba en sujetador y pantalones.

–Entonces usa la cabeza, *cara*, y piénsalo bien...

–Quédate ahí –le dijo ella al verle dar un paso hacia ella.

–Lo planearon todo, Lexi. Te querían fuera de mi vida. Ese vídeo en el que yo aceptaba la apuesta fue cosa de Claudia, por despecho, pero el otro fue idea de Marco. Estaba confabulado con su hermana, para que me dejaras. Y no dudó ni un momento. ¿Quién crees que grabó el vídeo?

Marco... Lexi respiró profundamente.

–¿Por qué? –tenía que hacer la pregunta aunque le doliera–. Era tu mejor amigo, y yo pensaba que le caía bien.

–Me he dado cuenta de que a Marco solo se preocupaba por sí mismo. Le conocí durante más de veinte años y hacía la vista gorda cuando no daba la talla. Era mi amigo y yo... Yo me preocupaba por él. Hasta que pensé que se había acostado contigo. ¿Qué clase de amigo te traiciona haciendo algo así?

–¿Y qué clase de persona es capaz de creer algo así de la persona a la que quiere y en quien confía?

–De acuerdo. Ahí te doy la razón –extendió los brazos hacia ella–. Era joven y arrogante, prepotente. No veía por qué iba a mentirte sobre algo tan importante. Él te echaba la culpa, y yo estaba demasiado dispuesto a escuchar cuando me dijo que me fijara en todos los hombres con los que flirteabas, la forma en que coqueteabas con ellos, fingiendo no saber lo que hacías.

–¡Yo no hacía eso!

–¿Tú me viste a mí alguna vez insinuándome a alguna mujer?

–No –Lexi bajó la cabeza–. Era yo quien te sacaba de allí cuando ellas empezaban a insinuarse.

–Bueno, para mí fue muy fácil creer que podías haber llevado ese flirteo con Marco a un nivel superior.

¿Había flirteado con Marco también? Sí. Lo había hecho... Lexi no tuvo más remedio que admitirlo. Siempre había sido el más alegre y divertido de todos... El mejor amigo de Franco, alguien en quien ella confiaba, el que siempre se reía y se metía con ella, diciéndole que usaba con él sus recién descubiertas armas de mujer a modo de entrenamiento.

–También estaba enamorado de ti. Claro.

–¿Qué? –Lexi parpadeó, perpleja.

–Marco. Cuando dos hombres se pelean por una mujer, normalmente significa que ambos están enamorados de la misma. Pero nada de eso justifica cómo me comporté durante los meses que pasamos casados. Eso no tiene justificación. Pero ahora, si quieres, podemos empezar de nuevo e intentar hacerlo mejor esta vez.

—¿Es por eso que estamos aquí, en el *Miranda*? ¿Para empezar de nuevo? ¿Mismo lugar, un comienzo distinto?

—Eso depende de ti, Lexi –parecía tan serio, tan distante–. Quiero que trabajemos. Pero lo que tienes que preguntarte es... ¿Quieres que trabajemos juntos? Tengo que comprobar algunas cosas en cubierta –dio media vuelta y se marchó.

Lexi sí que quería que funcionara... Un prolongado suspiro brotó de sus pulmones. ¿Qué podía hacer al respecto? Vio la botella de agua que tenía en la mano. No tenía ganas de beber en realidad, así que volvió a meterla en el frigorífico, preguntándose quién lo había abastecido. Casi todo el espacio estaba ocupado por botellas de la cerveza favorita de Franco.

De repente tuvo una idea. Agarró dos botellas, las puso en lo alto de la galera y atravesó el barco hasta llegar a una puerta que daba a un camarote. Allí solo cabía una cama doble y una cómoda situada junto a un armario.

Sus dos bolsas estaban en el suelo. Lexi agarró la suya y la puso sobre la cama con la intención de cambiarse de ropa... De repente las vio... Las seis ranas hechas de toda clase de materiales, de todos los tamaños y formas, alienadas sobre la estrecha estantería que abarcaba el cabecero de la cama. Era una estupidez sentir el calor de las lágrimas en la garganta, pero no podía evitarlo. Estaban tal y como ella las había dejado, como si llevaran mucho tiempo esperando su regreso. Y allí estaba en conejito gris también. Franco lo había puesto junto a las ranas. Debía de haber sido una de las primeras cosas que había hecho a su llegada.

Un ruido la hizo volverse. Él estaba en la puerta, observándola.

—Las tienes todavía.

—¿Qué esperabas? ¿Que las tirara? —le preguntó. Su voz era casi un desafío—. Son tuyas, Lexi. Te pertenecen. En ellas está el sueño de un príncipe apuesto y un amor ideal... Yo nunca estuve a la altura de ese sueño.

—¿Es por eso que pusiste aquí el conejito?

Franco esbozó una sonrisa, mirando el conejo gris, tres veces más grande que las ranas.

—El conejo soy yo. Dentro está mi sueño. Con un poquito de suerte, terminarás besando al conejo a medida que avances por la fila. Piensa en mí. Estoy esperando mi turno.

—Siempre pensaba en ti cuando besaba a las ranas.

—¿Era tu príncipe apuesto? —esbozó una sonrisa maliciosa—. No lo creo. Te defraudé de tal manera que me convertí en un villano perfecto en tu mundo de fantasía... He venido a decirte que tengo que mover el barco. Hay rocas cerca de la superficie. No puedo arriesgarme a dañar el casco. Voy a usar las velas. Navegaremos mucho más rápido mientras haya viento. Tengo que encontrar un sitio más seguro donde echar el ancla antes de que anochezca.

—Muy bien —Lexi asintió, pero él ya había dado media vuelta—. Iré a ayudarte. Solo... solo quiero cambiarme, quitarme estos vaqueros... —su voz sonaba tan estresada que finalmente se apagó. Tuvo que hacer un esfuerzo por seguir hablando—. Y tú... Eres el único hombre con el que he estado... el único con el que he querido estar... ¿Podemos... podemos hablar de eso en vez de hablar de príncipes, villanos y ranas?

A juzgar por la pose rígida de sus hombros, Franco estaba deseando escapar de allí.

—Todavía te quiero, Franco, de verdad —susurró.

—*Madre di Dio!* —masculló él, apoyándose contra el marco de la puerta y atravesándola con una mirada—.

¡Tengo que mover este maldito barco, Lexi! ¿Y me sueltas esto ahora?

—No te lo suelto ahora. Solo te lo digo para que lo sepas —dijo ella, casi tartamudeando.

—Esto es una venganza por la declaración de antes —dijo él, cerrando los ojos.

—Bueno, si quieres tomártelo así, ¡vete a jugar con tus velas y amarras! ¡Porque no pienso repetirlo! —dio media vuelta, pero él la hizo volverse de nuevo de un tirón y la sujetó contra su pecho.

—Eso no ha sido justo.

—Lo sé —admitió ella—. Me he dejado llevar por...

Franco la atrajo más hacia sí y le dio un beso ardiente.

—Bueno, esto sí que es dejarse llevar —le dijo y entonces la soltó y salió por la puerta.

Cuando Lexi se atrevió a subir, las velas ya estaban desplegadas y estaban navegando con el viento. Parado frente el timón, Franco la vio detenerse y levantar la barbilla. La brisa marina le apartó el pelo de la cara. Se había puesto un biquini blanco, el mismo que había llevado en la piscina y llevaba un pareo de flores alrededor de las caderas. Franco sonrió para sí. Ella llevaba dos botellas de cerveza en las manos. Ya les había quitado las chapas.

—*Grazie* —dijo él, cuando ella le entregó una de las botellas.

—¿Quieres que haga algo?

—No, ven aquí para que pueda verte —la agarró de la cintura y la hizo pararse justo delante de él.

Lexi vio que él estaba en su salsa... El rugido del viento en las velas y el burbujeo del agua contra el casco del barco eran los unidos sonidos que alteraban aquel hermoso silencio. Ese era el mundo de Franco.

—¿Sabes adónde vamos?

–Sí. Hay una cala preciosa con una pequeña playa y un restaurante. Podemos llegar antes de que se ponga el sol.

–Oh –dijo Lexi–. Realmente no quería abandonar el barco para comer en un restaurante. No he traído nada apropiado para comer fuera.

Él la miró de arriba abajo, pero no se dejó engañar por ese tono de vergüenza.

–No tenía intención de comer allí. Solo te estaba describiendo el sitio. Tengo otros planes para la cena.

–¿La pasta de Zeta?

Él arqueó una ceja con esa arrogancia que le caracterizaba, y Lexi no pudo hacer más que reírse. Le dio un beso en la barbilla y se volvió, apoyándose contra él.

–Como en los viejos tiempos –murmuró después de unos minutos–. Quiero que esto empiece de nuevo.

–¿No más preguntas? ¿No más dudas? –le preguntó en un tono ligero, pero Lexi sabía que había algo serio detrás de sus palabras.

–Lo que dije antes lo decía de verdad, cuando dije que quería hablar de nosotros, de nuestros sentimientos, no de los sentimientos de los demás. Ya nos han puesto la vida patas arriba bastantes veces, pero ahora mismo tengo... miedo.

–¿Miedo de qué?

–De que estemos tratando de recuperar algo que no deberíamos recuperar.

–¿No crees que te quiero todavía?

–Creo que no llevamos juntos suficiente tiempo como para saber lo que sentimos de verdad –le confesó.

–¿Entonces todavía estoy de prueba? –le preguntó. Sus dedos se tensaron sobre el timón.

–Yo no he dicho eso.

–Bien podrías haberlo dicho.

–Deberías haberme dicho lo que Marco dijo de mí.

–Lo sé –Franco bajó la cabeza y le dio un beso en lo alto de la cabeza.

–Tenía derecho a defenderme –murmuró Lexi.

–Sí.

–Y yo tenía más derecho a que confiaras en mí.

–Lo sé –admitió él–. Marco conocía todos mis puntos débiles y jugó con ellos. Él era la única persona a la que le había dicho que estaba enamorado de ti. Le dije que iba a casarme contigo y... ¿Sabes lo que hizo? –puso la botella de cerveza sobre el mamparo para poder agarrarla mejor–. Se rio a carcajadas. Y después me preguntó si seguiría queriendo casarme contigo después de saber que te habías acostado con él cuando yo estaba de viaje. Yo le di un puñetazo y lo tiré a la piscina. Cuando salió seguía riéndose. Me dijo que no tenía derecho absoluto sobre ti, que una apuesta era una apuesta.

–Pero por aquel entonces ya tenías que saber que habías ganado. No nos habíamos escondido de nadie.

–Yo no pensaba con claridad. Quería matarte. Quería matarle a él. Y en vez de eso me convertí en ese hombre de hielo y reuní al grupo para cobrar mi premio. Sabía que Claudia estaba grabando, y sabía que no podría resistirse a enviártelo. Aquello fue una forma de aliviar mis heridas, el peor castigo que se me ocurrió. Me decía... Mira lo poco que significas para mí, Lexi Hamilton...

–Funcionó –Lexi reprimió un sollozo–. Me destrozaste.

–Y entonces pasó todo lo demás –añadió Franco–. Tu madre y Philippe Reynard murieron. Para entonces yo ya me había distanciado de ti, pero parecías tan perdida que tuve que darte todo mi apoyo.

–Y entonces yo descubrí que estaba embarazada.

–Y yo me comporté como un sinvergüenza, un canalla. Te quería, pero me daba miedo quererte. Estaba deseando casarme contigo, pero te hice sentir como si me hubieras arruinado la vida. Cuando me dejaste, me quise dar de golpes contra la pared por haberte dejado marchar así, pero mi orgullo herido no me dejaba ir detrás de ti. Cuando finalmente reuní las agallas que necesitaba para venir a verte, me encontré con Dayton.

–Mejor no hablemos de él –dijo Lexi rápidamente–. He hablado con él. Sabe que sé lo que hizo, y también sabe que nuestra amistad ha terminado para siempre.

–Igual que Claudia... Igual que Marco cuando discutimos, justo antes de la carrera –respiró hondo y se lo contó todo–. Sabía que iba a hacer algo estúpido cuando me dijo adiós. Nunca quise llevarle hasta el punto de...

–No fue culpa tuya –Lexi le rodeó con los brazos y le miró con ansiedad–. Tienes que dejar de pensar eso. Lo que dijiste hoy de él fue tan bonito –le recordó con sutileza–. Tienes que recordar a Marco de esa manera, como el hombre al que querías como a un hermano.

En ese momento llegaron a su destino y el yate reclamó toda su atención. Trabajaron bien juntos, como en los viejos tiempos. Cocinaron la pasta de Zeta y la comieron en cubierta, bajo las estrellas, bebiendo cerveza de la botella, igual que siempre, igual que antes. Fue como aquel verano... Lexi, sentada en el suelo con las piernas cruzadas, Marco a su lado... Las luces del restaurante de la cala brillaban en la distancia.

Pero aún quedaba una pregunta sin respuesta.

–¿Qué te hizo pensar que Marco estaba mintiendo sobre mí?

Franco guardó silencio durante unos segundos. Lexi empezó a sentir esa vieja tensión, pero entonces él respiró profundamente, la agarró de la cintura y la sentó sobre sus muslos. Le apartó un mechón de pelo de la cara.

–Prefiero decirte lo que significaba quererte para mí.

Quererte significaba perder la habilidad de centrarme en algo durante mucho tiempo. Significaba tener que mirar el teléfono cien veces por si acaso habías llamado. Significaba entrar en una habitación y buscarte, por si estabas allí, despertarme en mitad de la noche con tu nombre en los labios, tu perfume en la nariz, y el sabor... *Dio*... El sabor de tu piel en la boca. Significaba que estaba solo en medio de una multitud. Quererte era la broma de la que me reía mientras lloraba por dentro, y ese dolor pulsante que se me pegaba al estómago, volviéndome loco. Pero lo peor de todo es que no quería que pasara.

Al borde de las lágrimas, Lexi le puso los dedos sobre los labios.

—Por favor, no digas nada más —susurró—. Me estás rompiendo el corazón.

—Mi corazón estaba roto —le dijo él, agarrándole los dedos y besándoselos uno a uno—. No llores. Cuando lloras me rompes en dos. Quererte era desear, odiarme por ello, desearte desesperadamente. Solía imaginar ese momento que Marco me había metido en la cabeza... De él contigo en la cama... Pero la imagen siempre se esfumaba y solo quedabas tú. Solo quedaba esta Lexi, la chica del pelo color miel y los ojos verdes... Solo quedabas tú, y me querías. Me querías, Lexi. Y nunca dejaste de hacerlo. Después de todo lo que hice para matar esos sentimientos, me seguiste queriendo. Lo vi en cuanto miré tu preciosa cara.

—¿Me estás diciendo que no me trajiste de vuelta a Italia porque te habías dado cuenta de que Marco te estaba mintiendo?

Franco deslizó la yema del dedo sobre sus labios.

—Te dije varias veces que ya tenía pensado ir a verte antes de lo del accidente. Solo quería que volvieras. Esos papeles de divorcio fueron un golpe para mí. Me hicieron darme cuenta de que era hora de dejar de luchar contra mí mismo. Era hora de dejar atrás lo de Marco y luchar por recuperarte. Y después, mientras volaba por los aires ese día y me preguntaba si iba a sobrevivir, me di cuenta de golpe de que Marco me había mentido. Me lo había insinuado antes de la carrera, pero...

–No tiene importancia –dijo Lexi rápidamente. No quería tener esa imagen de él, creyendo que iba a morir–. Te quiero, Franco –murmuró con urgencia–. De todas las formas que acabas de describir, pero no quiero...

Franco capturó sus labios con un beso apasionado. En cuestión de segundos, Lexi había perdido la parte superior del biquini y estaba tumbada sobre la cubierta... Franco le hacía el amor en la oscuridad, como antes.

Más tarde se dirigieron al camarote, tomados de la mano a través de ese estrecho pasillo.

–Olvidaste besar a las ranas –le dijo Franco cuando se metieron en la cama.

–Al diablo con las ranas –le contestó Lexi–. Es a ti a quien quiero besar.

Bianca

El jeque Tariq vivía la vida demasiado deprisa...

Tariq era tan independiente que no se fiaba de nadie más que de sí mismo, con un poco de ayuda por parte de Isobel Mulholland, su indispensable y sensata secretaria.

Cuando un accidente de automóvil dejó herido al dinámico jeque y lo hizo depender completamente de Isobel, su primera reacción fue ponerse furioso. El único modo de superarlo era aprovechar al máximo aquella oportunidad de tener a Isobel a su disposición. Bajo los cuidados de la encantadora Isobel, Tariq empezó a pensar en seducirla. Aquella dulce mujer, a la que había tenido delante todo el tiempo, podría convertirse en su perdición...

La perdición del jeque

Sharon Kendrick

Acepte 2 de nuestras mejores novelas de amor GRATIS

¡Y reciba un regalo sorpresa!

Oferta especial de tiempo limitado

Rellene el cupón y envíelo a
Harlequin Reader Service®
3010 Walden Ave.
P.O. Box 1867
Buffalo, N.Y. 14240-1867

¡Sí! Por favor, envíenme 2 novelas de amor de Harlequin (1 Bianca® y 1 Deseo®) gratis, más el regalo sorpresa. Luego remítanme 4 novelas nuevas todos los meses, las cuales recibiré mucho antes de que aparezcan en librerías, y factúrenme al bajo precio de $3,24 cada una, más $0,25 por envío e impuesto de ventas, si corresponde*. Este es el precio total, y es un ahorro de casi el 20% sobre el precio de portada. ¡Una oferta excelente! Entiendo que el hecho de aceptar estos libros y el regalo no me obliga en forma alguna a la compra de libros adicionales. Y también que puedo devolver cualquier envío y cancelar en cualquier momento. Aún si decido no comprar ningún otro libro de Harlequin, los 2 libros gratis y el regalo sorpresa son míos para siempre.

416 LBN DU7N

Nombre y apellido _____ (Por favor, letra de molde)

Dirección _____ Apartamento No. _____

Ciudad _____ Estado _____ Zona postal _____

Esta oferta se limita a un pedido por hogar y no está disponible para los subscriptores actuales de Deseo® y Bianca®.
*Los términos y precios quedan sujetos a cambios sin aviso previo.
Impuestos de ventas aplican en N.Y.

SPN-03   ©2003 Harlequin Enterprises Limited

La heredera y el millonario
ROBYN GRADY

Para Daniel Warren, exitoso arquitecto neoyorquino, diseñar el nuevo Club de Ganaderos de Texas era todo un reto. Lo mismo que conocer a la deliciosa Elizabeth Milton. La fogosa heredera combinaba la elegancia con el estilo texano, una mezcla imposible de resistir.

La heredera y el millonario
ROBYN GRADY

Pero lo único que podían tener era una aventura. Elizabeth estaba obligada a quedarse en Royal si no quería perder su herencia. Y el trabajo de Daniel pronto lo obligaría a marcharse de allí. Salvo que alguno de los dos decidiese sacrificarse y anteponer el amor a todo lo demás.

El honor está por encima de todo

¡YA EN TU PUNTO DE VENTA!

¿Podría haber algo de verdad en la leyenda de la antigua joya?

El valioso diamante conocido como El Corazón del Valor decía garantizar amor eterno para todos los descendientes de la familia de Kazeem Khan, el emir de Kabuyadir. Pero el jeque Zahir rechazaba tal leyenda. Después de las tragedias sufridas por su familia, había decidido que el amor y el matrimonio eran dos cosas separadas y ordenó que se vendiera la joya.

La historiadora Gina Collins sería la encargada de estudiar y tasar aquel valioso tesoro, pero cuando volvió al reino de Kabuyadir se quedó asombrada al descubrir que su misterioso cliente era el hombre con el que había pasado una noche de ensueño tres años atrás, el hombre que le robo el corazón para siempre...

Su joya más preciada

Maggie Cox

¡YA EN TU PUNTO DE VENTA!